お飾り王妃になったので、こっそり働きに出ることにしました

～愛する旦那《うさぎ》と大団円を目指します！～

富樫聖夜

B's-LOG BUNKO

ビーズログ文庫

イラスト／まち

Contents

ジークハルト
ルベイラ国王。ロイスリーネに実はうーちゃんだとバレていることをまだ知らない。
うーちゃん
ロイスリーネが可愛がっているうさぎ。その正体はジークハルト。
ロイスリーネ
ロウワンから嫁いできた『お飾り王妃』。昼は『緑葉亭』の看板娘リーネとして働いている。
人物紹介
Character

ロイスリーネの侍女。ロウワン時代からの強い味方。

ルベイラ軍第八部隊に所属する軍人。その正体は、魔法で姿を変えたジークハルトその人。

ジークハルトの従者。ジークハルトの身代わりもこなす。

ジークハルトの幼馴染みで宰相。

ルベイラ国魔法使いの長。魔道具オタク。

『緑葉亭』の女将。実はジークハルト直属の特殊部隊隊長。

裁縫が得意なロイスリーネの侍女。実は『影』の一員で影名はレーネ。

ルベイラのファミリア神殿に所属する『解呪の聖女』。

ディーザの同僚。夜の神の眷属に身体を乗っ取られていた。

ファミリア大神殿の特別監査室に所属する審問官。クールで毒舌。

プロローグ　それぞれの思惑

「そのような強大な力を行使すれば、人間の身体《からだ》ではとてももたない。あの娘《ロイスリーネ》は子どもの誕生と同時に必ず死ぬだろう」

「…………」

金色の羊の言葉に、ジェシー人形の中にいる『女神《めがみ》の御使《みつか》い』は言葉を発することはなかった。

その沈黙《ちんもく》は肯定《こうてい》なのか、あるいは否定なのか――。

もとより答えを求めていなかった金色の羊は言葉を続けた。

「子どもは生まれた瞬間《しゅんかん》に眷族神《けんぞくしん》に昇華《しょうか》するから、人間たちは何が起こったか分からないまま母子ともに死亡したと判断するだろうね。そして最愛の王妃《おうひ》を失ったあの王は嘆《なげ》き悲《かな》しむことになるわけだ」

ロイスリーネから今度はその枕元《まくらもと》で丸くなって寝《ね》ている青灰色《せいかいしょく》のうさぎを見やって、金色の羊は淡々《たんたん》と言葉を紡《つむ》ぐ。まるで未来を予言するかのように。

「だが、いかに嘆き悲しもうと、彼は国王としての責務を果たさなければならない。笑顔《えがお》を忘れ、すっかり心を凍《こお》らせたままジークハルトは後妻を迎《むか》え、ルベイラ王族の血を次代に繋《つな》げていくことになるだろう。ロイスリーネ王妃は結局子どもを産まなかったとされ、ルベイラの歴史に足跡《そくせき》をほとんど残すことなく忘れ去られていく。これがこの先に待つ未来だ」

「させぬよ」

突然《とつぜん》声を発したのは黒うさぎだった。夜の神の分霊《ぶんれい》たる黒うさぎは、日の神の分霊である金色の羊の予言を断《た》ち切《き》るかのように告げる。

「ロイスリーネは死なない。死なせない——そのために我はここにいるのだから」

「……ふん。すべての原因は自分だから、自分でけじめをつけるつもりだってことか」

「そうだとも。そもそもお前の言う未来は可能性の一つであって確定したものではない。我がこうしてここにいることで別の未来が開けた。そうであろう？　だからこそお前はこうして我やロイスリーネの前に出てきた」

「僕が目覚めたのは今が世界の運命の分岐点《ぶんきてん》だからだ。僕の役目はそれを見守り『審判《しんぱん》』を下すことだけ。他に理由はないよ。黒やファミリアたちがやることに興味はないね」

「……ふふ」

沈黙を守っていた『女神の御使い』が急に笑《え》みを漏《も》らした。もっとも、依《よ》り代《しろ》にしているジェシーは人形なので実際に表情が動いたわけではないのだが、彼女は確かに忍《しの》び笑《わら》いを漏らしていた。

「興味はないというわりに、陰《かげ》では精力的に動いていたようですね、日の御方《おかた》は」

「…………ふん」

揶揄《やゆ》するような声音《こわね》に、金色の羊はそっぽを向いた。

「確かに夜の御方がこうして現れるまでは、ロイスリーネは夜の神の眷族神を産んで死ぬ運命でした。それは否定しません。世界をこの先も存続させるために、必要なことでしたから」

新しき神々は別に人間の味方ではなく、彼らに肩入《かたい》れをする理由はない。疑似的《ぎじてき》な人格が与《あた》えられてはいるものの、彼らは世界を存続させるために、創造神たちの権能を世界に届けるだけの装置にすぎないのだ。

なのになぜ人形の中に入り、『女神の御使い』と称《しょう》してロイスリーネたちの前に現れて助言をしているのかといえば、すべては世界のために必要なことだからだ。

「夜の御方の本体が本当の眠《ねむ》りに入った今、その権能はもう世界には届きません。いくら私たちが力をつくそうと、夜の神の代わりにはなれない。それができるのは夜の神の眷族神のみなのです」

「だから無理やり眷族神を誕生させることにしたって言うんだろう？　うまくいくとは限

らないのに。今の段階では……そうだな。眷族神が誕生するかは五分五分なんじゃないか？　失敗してあの娘《むすめ》だけ死《し》に損《ぞん》ってことになるかもしれないね」

「そうかもしれませんね」

しれっとした口調で『女神の御使い』は言った。

「ですが、多少分が悪くても計画に支障はありません。幸いにして、夜の御方の協力があれば成功率はぐんと跳《は》ね上《あ》がりますし。……今しかないのです。六百年前のローレンの時はルベイラの血筋の準備が整っておらず、実がなりませんでした。けれど、今は違《ちが》います。ルベイラの血筋もローレライの血統も、すべて条件が揃《そろ》っているのです。このために私たちは二千年間準備してきました」

「二千年、二千年ねぇ……」

　金色の羊が呆《あき》れたような声音で言った。

「二千年など創造神たる僕らにとっては瞬《まばた》きのような時間でしかないが、新しき神々《眷族神》である君たちにとっては少なくない刻《とき》だろうに。まったく、ご苦労なことだ」

「創造神ではありませんから、それだけの準備が必要だったのです。私たちは自分の権能の一部を使って眷属《けんぞく》を創りだすことはできます。でも、神そのものを誕生させることはできない。それはあなた方、古い神々だけが持っている権能ですから。私たちにできるのは、すでにあるものを活用することだけ」

淡々とした……これらの話をもしロイスリーネやジークハルトが聞いていれば「冷たい」という印象すら持ったであろう口調で『女神の御使い』は言葉を続ける。

「――それがルベイラとローレライの血筋だったというだけのこと。そして眷族神の誕生の際、ロイスリーネの命が失われてしまうことも、世界を存続させるためには仕方のないことです。私たちはそう判断しました。――ですが」

急にふわりと声に笑いを含《ふく》ませて、『女神の御使い』は黒うさぎに、ついで金色の羊に意味ありげな視線を向けた。

「夜の御方の協力が得られれば、ロイスリーネは命を失わずにすみます。これでも感謝しているのですよ？　日の御方が引《ひ》っ掻《か》き回《まわ》してくれたおかげで、運命は良《い》い方向に変わりましたから」

とたんに金色の羊は嫌《いや》そうな表情になった。どうやらそのように言われるのは心外だったようだ。

「私たちの最初の予定では、プサイたちは封印《ふういん》されたままでした。よってクロイツ派が暗《あん》躍《やく》することもなく、夜の御方の封印を解こうとする動きも生まれないはずだった。本来であれば、夜の御方の封印を解くきっかけは、今から五年ほど後に教皇となるジョセフ・アルローネが、笏《しゃく》に隠《かく》されていた封印具に興味を抱《いだ》いて調べ始めたから。彼は様々な文献《ぶんけん》から、代々の教皇たちに継承《けいしょう》されていた封印具が夜の神のもとへ行くための扉《とびら》を開ける

『鍵《かぎ》』であることに気づき、ルベイラ国王夫妻に協力を仰《あお》ぐことになるのです。……今となってはなくなった未来ですがね。でも、その後のことは現在とほとんど同じ流れですよ」

夜の神は正気に戻《もど》り、ロイスリーネの『還元《かんげん》』の祝福《ギフト》の力を借りて自ら眠りにつくのだ。

一つだけ違うのは、各地に封印されていたプサイたち眷属の封印は解かれず、彼らが夜の神と再会して一緒《いっしょ》に眠りにつくことはなかった点だろう。

今回、『女神の御使い』が眠りにつこうとする夜の神のもとへプサイたちを送ることができたのは、人の手によってすでに彼らの封印が解かれていたことが大きい。神々の手によって為《な》された封印であったら、『女神の御使い《ファミリア》』であっても不可能だったはずだ。

そしてプサイたちを欠いたままだったら、夜の神は分霊を創りだしてまで『女神の御使い』たちの計画に協力することはなかっただろう。

プサイたちの復活に日の神の関与《かんよ》が認められたからこそ、夜の神はロイスリーネのために自分の一部を残したのだから。

「プサイたちを世に放ったら面白《おもしろ》そうだと思ったからであって、別に君たちに協力するためにやったことじゃないんだけどね」

金色の羊はふんと鼻で笑った。『女神の御使い』は笑みを滲《にじ》ませながら頷《うなず》いた。

「あなたにとってはもちろんそうでしょう。今回のスフェンベルグの件も、本来であればあの国の崩壊《ほうかい》が原因で五年後に前の教皇が責任を取って辞《や》めることになっていたはずでした。もっとも、クロイツ派の件ですでに前教皇は辞めているので、私個人の計画にも支障はありません。むしろ色々前倒《まえだお》しで処理できそうなので、この上なく満足なのですよ、日の御方」

人形の身で在りながらコロコロと鈴《すず》を転がすように声を立てて笑う『女神の御使い』に、黒うさぎはため息をついた。

「お前の気持ちは分からないではないが、あまりやりすぎないようにな、ファミリア」

「もちろんですとも、夜の御方。私は物事を正常に戻すだけです。夜の神の眷族神の件が片付いた後に始末しようと思っておりましたが、日の御方の介入《かいにゅう》でこちらの件も早まりそうですから。いい機会かと。ファミリア《私》とガイアの二柱の権能を阻害《そがい》し、世界を乱すだけのファミリア大神殿などというものは壊《こわ》します」

宣言するかのように告げられた『女神の御使い』の言葉は、言霊《ことだま》を含み世界そのものに浸透《しんとう》していく。

「『異端《いたん》の神』よ。それを以《もっ》て今回の審判をお願いします」

「いいだろう、日の女神ファミリアよ」

金色の羊は厳《おごそ》かに告げる。

「このたび世界の天秤《てんびん》を滅《ほろ》びに傾《かたむ》けるのは、人間の肥大した欲。それを正すことができるのであれば、僕の『異端の神』としての役割を次の分岐点までは封印することを誓《ちか》おう。……ただし、その娘が世界の不安材料であることに変わりはないってことは、忘れないでもらいたいね」

ロイスリーネに視線を向けながら金色の羊は付け加える。

「分かっております。けれど私たちの計画通りに眷族神が誕生すれば、彼女から『還元』のギフトは失われるでしょう。今後『還元』が世界を破滅に導くことはありません」

「ふん。どうだか。未来なんてきっかけ一つで大きく変わってしまうものだ」

「あら、まぁ。戯《たわむ》れに未来の流れを変えているあなた様には言われたくない言葉ですね」

「……君に植えつける疑似人格の選択《せんたく》を誤ったかな？」

「ふふ。私一人に全部押しつけるからです。創造主が横着でとても苦労しているのですよ。せめて眷族神を他に十人くらい用意してくだされば、日の御方にも優《やさ》しくできる人格の神がいたかもしれませんのに」

「そうだね。次の世界で眷族神を創る時は考慮《こうりょ》に入れるとするよ」

「…………」

「…………」

ジェシー人形と金色の羊の間で交《か》わされる視線がバチバチと弾《はじ》ける。

——やれやれ。こうしている間にも運命が動いているというのに。

黒うさぎは目の前で交わされている、世界にとっては重要な……けれど大部分の人間にとっては取るに足らない会話を耳にしながら、そっとため息をつく。

——まぁ、いい。放っておこう。

二人（一体と一匹《ぴき》）から目をそらし、ぺたりとクッションに頭を預けながら黒うさぎは目を閉じた。

——金の竜《りゅう》が落としたほんの小さな雫《しずく》が、世界に波紋《はもん》をもたらし、それが広がっていく……。人間たちよ。どうか道を誤ることなく進むのだぞ。この世界の未来を決めるのは、神々《我ら》ではなくお前たちなのだから。

黒うさぎの閉じた瞼《まぶた》に映るのは、未来の——もしかしたら訪《おとず》れるかもしれない光景。

小さな白うさぎと黒うさぎを膝《ひざ》に乗せて撫《な》でながら、満面の笑みを浮《う》かべているロイスリーネ。それを見守るジークハルトの目は愛《いと》おしげに妻子に向けられている。離《はな》れたところでその光景をやれやれと言いたげに見ているのは金色の羊だ。

『——かい？　黒竜』

金色の羊が自分に何かを言っている。

『ああ、——だとも』

それに応える自分の声が耳に届く。

望んでいた優しい未来の図。神にとっては瞬《またた》く間《ま》に通り過ぎてしまうものだけれど、まるで一枚の絵画のように切り取られたその光景は、黒うさぎの瞼に焼きついていた。


同じ頃《ころ》、闇《やみ》に閉ざされた国境の道を、一台の馬車がひた走っていた。

「早く。もっと早く！」

「はいっ」

手綱《たづな》を引く御者《ぎょしゃ》は、声に急《せ》かされながら馬を駆《か》りたてる。

月明かりしかない道を全速力で進むのは自殺行為《こうい》に等しい。それでも行けと命じられれば、御者は従うしかないのだ。

幸いなことにその御者台には、光の魔法《まほう》を閉じ込めた大きな魔石《ませき》が取りつけられていて、行く手を照らしてくれる。それがあるから、なんとか先に進むことができるのだ。

「もっと早く進めないの？　急いでいるのよ！」

馬と車輪の音に紛《まぎ》れて客車の中から甲高《かんだか》い声が響《ひび》き渡《わた》る。

声の主は中年の女だった。つい先日まで身に着けていたとある小国の宮廷衣装《きゅうていいしょう》ではなく、長いゆったりした白い衣服を身にまとった女は、御者に向かって声を張り上げる。

「もっと速度を上げなさい！　一刻も早くあの方に知らせなければならないの！」

女は興奮していた。大きなチャンスを掴《つか》んだからだ。

つい先日まで、女はとある小国の使節団の一員に成りすましてルベイラの王宮にいた。目的は誰《だれ》にも気取られないようギフトを使って、ルベイラに滞在《たいざい》中のスフェンベルグの王女エリューチカの能力を視《み》ることだった。

生憎《あいにく》とエリューチカ王女に謁見《えっけん》することは叶《かな》わなかったが、その代わりに女は別の素晴《すば》らしいものを発見した。

「ふふ、ふふふふ。私たちは運がいいわ。あのギフトがあれば、あの方も返《かえ》り咲《ざ》くことができる。ロレインなんかより私の方が『鑑定《かんてい》の聖女』として優《すぐ》れていると示すことができるわ！」

女はうっとりと笑った。

「ああ、一刻も早くあの方にお知らせしなければ——。ルベイラ王妃は『神々の寵愛《ちょうあい》』のギフトを持つということを！」

——小さな雫が、世界に波紋を広げていく。

それが大きな波となって運命を呑《の》み込んでいくのも、もうすぐだった。

第一章

平和な日々はやはり続かない

ルベイラ王妃《おうひ》ロイスリーネはご機嫌《きげん》だった。

「くろちゃん、撫《な》でていい？」

「かまわぬぞ」

「ひーちゃん、モフらせて～！」

「勝手にモフれば？」

二匹《ひき》を代わりばんこに撫で回してロイスリーネは満面の笑《え》みを浮《う》かべた。

――モフり放題なんて。ここは天国だわ！

ロイスリーネの寝室《しんしつ》には今現在、二匹の動物が住みついている。黒うさぎと小さくなった金色の羊だ。おかげで望めばいつでも撫でることができる。

黒うさぎはふわふわサラサラの手触《てざわ》り。金色の羊はもこもこでふんわりとした手触り。

「どっちもよくてどっちも捨てがたい！　好き！」

「……僕らが創造神の分霊《ぶんれい》だと分かっていながら撫で回したいなんて、君って変わってるよね。不興を買って神罰《しんばつ》を受けるかもしれないとか思わないんだろうか。普通《ふつう》は畏《おそ》れるもんじゃないの？」

ベッドの上で箱座りをしている金色の羊が呆《あき》れたように呟《つぶや》く。

「ロイスリーネは器《うつわ》が大きいからなっ。変わっているというのは同意するがっ」

言いながら金色の羊の上に乗って跳《は》ねているのは黒うさぎだ。

黒うさぎの名誉《めいよ》のために説明するが、何も彼女は金色の羊の上で運動がしたくて飛び跳ねているわけではない。うさぎの後ろ足で垂直に強力な蹴《け》りを入れているだけなのだ。

残念ながら分厚い金色のモフ毛のせいで、羊の本体にまったく影響《えいきょう》はないようだが。

「この、この！」

「だから無駄《むだ》だって。本当に黒いのは無駄なことが好きだな。全然合理的じゃないのに」

「合理性がなんだ！ ただただ貴様が気に食わんだけだ！」

叫《さけ》びながら黒うさぎはドスドスと金色の羊に一際《ひときわ》強い蹴りを入れた。短い後ろ足が完全に羊の毛に埋《う》もれるほどの強力なキックだったが、もちろん金色の羊が痛がる様子はない。

むしろケタケタ笑っているくらいだった。

――ふふ、二人（二匹？）とも仲良しね～。

動物に関しては目が曇《くも》っているロイスリーネには、二匹がじゃれているようにしか見えない。

もしここに夫のジークハルトがいれば突《つ》っ込みを入れたかもしれないが、あいにくと国王である彼は公務中だ。そのためロイスリーネの思い込みを否定する者はおらず、彼女の中で「二匹は仲良し」だとすっかり刷り込まれていた。

——いつもはのんびりしているくろちゃんも、ひーちゃん相手には生き生きと接してるもの。やっぱり仲間同士だから、気心が知れているのね。

残念ながらその意見をもし二匹が聞いていれば、頭から否定しただろう。

普段《ふだん》は互《たが》いにあまり絡《から》むことなく距離《きょり》を保っているが、なぜか思い出したように黒うさぎは金色の羊に攻撃《こうげき》することがある。それに対して金色の羊は揶揄《やゆ》するものの、反撃《はんげき》はしない。

実に不思議な関係だった。

——なんにせよ、二人とも今のところ住み心地《ごこち》に不満はないようだからよかったわ。

ロイスリーネの寝室に金色の羊《モフモフ》——日の神の分霊にして『異端《いたん》の神』が住むようになって三週間が経《た》つ。二匹の神様と同居など、最初はどうなることかと思ったが、ジークハルトたちの予想に反しておおむね平穏《へいおん》を保っていた。

相変わらず黒うさぎはほとんど寝室から出ることなくベッドの上でゴロゴロしているが、金色の羊はふらっとどこかに出かけることが多いからかもしれない。

寝室を抜《ぬ》け出《だ》した金色の羊がどこに行っているのかは『影《かげ》』たちでも把握《はあく》できていない

そうだが、相手は日の神の分霊だ。おそらくその気になれば世界のどこにでも行けると思われるので、行動を追うことは不可能だろうとジークハルトも諦《あきら》めているようだった。

もちろんロイスリーネも詮索《せんさく》する気はない。ちゃんと帰ってきてくれるだけで十分だ。

そのうえ、モフらせてくれるのならなおよしだ。

「失礼します、リーネ様。そろそろお支度《したく》をしないと謁見《えっけん》に間に合わないかと」

寝室の隣《となり》にある居間で待機していた侍女《じじょ》のエマが呼びに来る。

「あ、もうそんな時間なのね。支度をお願いするわ」

ロイスリーネは名残惜《なごりお》しそうにベッドから立ち上がった。

長らく滞在《たいざい》していたスフェンベルグのエリューチカ王女が、今日ルベイラを発《た》つのだ。

その最後の挨拶《あいさつ》が謁見の間で行われるので、ロイスリーネもそれに参加する予定だった。

「とびっきりのドレスにしましょうね、王妃様」

「そうです、そうです。エリューチカ王女に負けないくらいに着飾《きかざ》りましょう！」

「この間仕立てた青のサテンのドレスはいかがでしょうか？　同じ布で作った花の髪飾《かみかざ》りと合わせるのです」

「カテリナ、ナイスアイデアよ！」

あれこれ言いながら侍女たちがドレスの準備を進めていく。彼女たちの異様な張り切りように、ロイスリーネは苦笑いを浮かべた。

――エリューチカ王女に会うからってそんなに対抗心《たいこうしん》を燃やさなくていいのに……。

そう、侍女たちのこの熱心さの理由は、相手がエリューチカ王女だからだ。

それも仕方ないことなのかもしれない。

なにしろ侍女たちにとってエリューチカ王女は「すでにロイスリーネ《妻》がいるジークハルトに第二王妃として勧《すす》められたスフェンベルグ国の王女で、断ったにもかかわらず図々《ずうずう》しくも使者としてルベイラに乗り込んできた」という相手なのだ。

「エリューチカ王女のあの行動は操《あやつ》られていたからで、正気に戻《もど》られた今はご本人に陛下《へいか》の妃《きさき》になる気はまったくないわ。それにエリューチカ王女が本当に好きなのは護衛騎士《きし》のリックよ。もう警戒《けいかい》する必要はないのに」

「それはそれ、これはこれです、王妃様」

「そうですとも！」

「陛下に相応《ふさわ》しいのは王妃様お一人だってことを皆《みんな》に示さないといけませんから！」

侍女たちの鼻息は荒《あら》い。

「王妃様。王妃様」

皆の勢いにロイスリーネが困惑《こんわく》していると、背中に回ってドレスのボタンを留めていた侍女のカテリナがこっそり囁《ささや》いた。

「私たちはエリューチカ王女というよりも、この間の事件で王妃様を蔑《ないがし》ろにした新興貴族たちの鼻を明かしてやりたいんです。みんなついこの間までキリキリしていましたから」

「ああ、そういうことね」

エリューチカ王女を操った金色の羊は、貴族になって日の浅い――いわゆる新興貴族たちを洗脳して「エリューチカ王女の方が王妃に相応しい」などと持ち上げさせていたのだ。高位の貴族たちは戯言《たわごと》だと耳に入れることはなかったものの、ルベイラの宮廷《きゅうてい》内で動揺《どうよう》が広がったことは記憶《きおく》に新しい。

自分たちの仕える主《あるじ》を押しのけるように騒《さわ》がれていたことに、一番気をもんでいたのはロイスリーネの侍女たちだ。なのに蓋《ふた》を開けてみれば、新興貴族たちの言動は「クロイツ派の残した魔道具《まどうぐ》に洗脳されていたせい」ということで、お咎《とが》めなしになってしまった。侍女たちがやり場のない怒《いか》りや苛立《いらだ》ちを抱《かか》えこんだのも無理もなかろう。

――でも仕方ないのよね。ひーちゃんのことを公《おおやけ》にしないで事件を丸く収めるためには、クロイツ派のせいにするしかなくて。でもってそうなると、新興貴族たちも一応その被害者《ひがいしゃ》だからという理由で罰《ばっ》するわけにはいかなかったんだもの。

新興貴族たちを罰すれば、操られて彼らを洗脳したエリューチカ王女も処罰《しょばつ》しなければならなくなってしまうからだ。

――スフェンベルグを虎視眈々《こしたんたん》と狙《ねら》っている国々に隙《すき》を与《あた》えないためにも、国際問題にするわけにはいかない。できるだけ穏便《おんびん》にすませるために、まとめて不問に付《ふ》すのが一番手っ取り早かったのよね……。

ジークハルトももちろん納得《なっとく》してはいなかったが、国王として国内外の安定を図《はか》るためには呑《の》み込むしかなかったようだ。……あくまで表向きは。

お咎めなしになったとはいえ、新興貴族たちのこれから先は順風満帆《まんぱん》とはいかなくなるだろう。何しろ高位貴族たちには眉《まゆ》をひそめられているし、王族——特に国王のジークハルトから睨《にら》まれているので、これ以降はずっと肩身《かたみ》の狭《せま》い思いをするに違《ちが》いない。

——いえ、それだけではすまないかもしれないわね。

『真綿で首を絞《し》めるようにじわじわと追いつめていくつもりだ。もちろん、潰《つぶ》そうとまでは考えていないがな』

とはジークハルトの談だ。ちょうどジークハルトではなくカインの姿の時に言っていたので、それはそれはいい笑顔《えがお》で教えてくれた。

——ひーちゃんに操られてしまっただけなのに、ちょっと気の毒かもしれないわね。でも、いくら仕向けられたとしても、公然と王妃を蔑ろにするような言動をしてしまった以上、取り返しがつかないわ。それが貴族社会というものだもの。

いずれ、実は「お咎めなし」で終わる話ではなかったことが、誰《だれ》の目にも明らかになっていくだろう。

――見せしめとか言っていたものね、カインさん……。

とは言うものの、今のところ表向きは無罪放免《ほうめん》になったように見えるから、侍女たちのように納得できない者が多いのもまた事実だ。

――仕方ないわね。皆の鬱屈《うっくつ》した気持ちは理解できるもの。

ロイスリーネは侍女たちの気分を引き立たせるべく、できるだけ明るく言った。

「では、エリューチカ殿下《でんか》やスフェンベルグの方々の前で陛下に相応しいのは私だって示せるように、皆の力で最高に素敵《すてき》にドレスアップしてちょうだいね」

「はい！！！」

喜色を浮かべて一斉《いっせい》に頷《うなず》く侍女たちに、ロイスリーネは微笑《ほほえ》みながらおとなしく着《き》せ替《か》え人形になる決心をした。

「髪飾りはどうしましょう」

「謁見だから派手になりすぎないものがいいわね！」

わいのわいの言いながら一丸となって侍女たちはロイスリーネの準備を進めていく。

彼女たちが議論と熟考の末に選んだのは、青灰色《せいかいしょく》の落ち着いた色合いのドレスだった。

胸もとと袖口《そでぐち》を飾る繊細《せんさい》なレースと、幾重《いくえ》にもドレープが重なったスカートが特徴的《とくちょうてき》で、上品でありながら可愛《かわい》らしさも引き立ててくれる絶妙《ぜつみょう》なデザインだった。晩餐会《ばんさんかい》などに着ていくには少々地味すぎるが、謁見にはぴったりだろう。

実を言えばジークハルトの瞳《ひとみ》の色と合わせてオーダーされたものだったりする。ジークハルトと並んでこそ映《は》えるドレスだと言えよう。

もっとも、ロイスリーネが鏡に映った自分のドレス姿を見て考えたのはまったく別のことだった。

――うーちゃんの毛並みと同じ色だわ！　このドレスでうーちゃんを抱《だ》いたら私たちお揃《そろ》いじゃない？

最愛のうさぎを抱いた自分の姿を想像してうっとりしていると、部屋の外に待機している護衛兵から来訪を告げられた。

「王妃様、お支度中に申しわけありません」

部屋を訪《おとず》れたのは女官長《にょかんちょう》だった。

「あら、もう謁見の間に行く時間かしら？」

女官長は王宮で働く女官たちの監督《かんとく》だけでなく、王妃の秘書役を任されている。ロイスリーネが公務を行う時は必ず付き添《そ》うのが彼女の役目だ。そのため、もう時間なのかとロイスリーネは思ったのだが、女官長から出たのは意外な言葉だった。

「いいえ、王妃様。まだ謁見の時間にはなっておりません。ですが、支度が終わり次第《しだい》少し早めに来ていただきたいとの陛下からのご伝言でございます」

「早めに？」

「はい。エリューチカ王女殿下が謁見の間で挨拶をする前に、陛下や王妃様、それに宰《さい》相《しょう》様にどうしても伝えたいことがあると仰《おっしゃ》っているそうで」

「エリューチカ殿下が？」

ロイスリーネは思わずエマと顔を見合わせた。


急いで支度を終えて応接室に向かうと、そこにはすでにジークハルトと宰相のカーティスの姿があった。

「ロイスリーネ。忙《いそが》しいのにすまない」

「いえ、ほとんど準備は終わっていたので大丈夫《だいじょうぶ》です。それより、エリューチカ殿下の伝えたいことって……？」

ジークハルトは「さぁ」と首を横に振《ふ》った。

「俺にも分からない。ただ、大勢の人がいる前では口にできない話らしい。それで謁見の前にここで顔を合わせることになったんだ」

「この期《ご》におよんで人払《ひとばら》いをしなければならない話とは。嫌《いや》な予感がしますね」

そう言ったのは、柔和《にゅうわ》な笑みを浮かべながらも、どこかうんざりしたような様子のカーティスだ。

「ようやく肩《かた》の荷《に》が下ろせたと思ったのですが、これ以上のトラブルは御免《ごめん》こうむりたいというのが本音です」

「まぁ、そうよね……」

何しろ金色の羊のせいで、ほとんど関係のなかったスフェンベルグの危機にルベイラは巻き込まれた挙句、後始末を押しつけられたのだ。この半月あまり、ジークハルトとカーティスが事態の収拾《しゅうしゅう》に奔走《ほんそう》していたのをロイスリーネは知っている。これ以上の面倒事《めんどうごと》は嫌だと思う気持ちは十分理解できた。

――いったい、エリューチカ殿下の伝えたいこととは何なのかしら？

ロイスリーネの到着《とうちゃく》から少し遅《おく》れて、護衛騎士のリックを伴《ともな》ってエリューチカ王女が応接室に入ってきた。

エリューチカ王女はこれから謁見に臨《のぞ》むためか、スフェンベルグでの女性の正装《せいそう》であるエンパイア式のドレスを身に纏《まと》っている。彼女はそのドレスの裾《すそ》を摘《つ》まんで頭を下げた。

「陛下、王妃陛下、そして宰相閣下《かっか》。急な要請《ようせい》にもかかわらずお時間を取っていただき、ありがとうございます」

「非公式の場だ。謁見の時間も迫《せま》っていることだし、挨拶は省略してくれて構わない。座ってくれ、エリューチカ王女」

「はい。御配慮《ごはいりょ》ありがとうございます」

応接室にあるソファにジークハルトとロイスリーネが並んで座り、その向かいのソファにエリューチカ王女が腰《こし》を下ろした。カーティスはジークハルトたちのソファの後ろに立ち、リックも同じようにエリューチカ王女の後ろに立つ。

「それでエリューチカ王女。人払いをしてまで我々に伝えたいこととは？」

ジークハルトが問いかけると、エリューチカ王女はほんの少し逡巡《しゅんじゅん》した後、口を開いた。

「私の母が告げた『予言』についてです。以前お話しした母の『予言』ですが、あれが全てではないのです」

「エリューチカ殿下のお母様の『予言』……」

エリューチカ王女の母親で、スフェンベルグ国の元第二王妃だった女性は、『予言』の祝福《ギフト》を持つ魔女《まじょ》だったらしい。彼女はそれを誰にも言わずにいたが、亡《な》くなる直前にギフトで視《み》えた『予言』の内容を娘《むすめ》にだけ告げた。

その内容とは、「将来発見されることになる魔石《ませき》の鉱山が原因で、スフェンベルグが周辺国に攻《せ》められて滅亡《めつぼう》する」ということ。

第二王妃が亡くなった当時、スフェンベルグではまだ魔石の鉱山は発見されておらず、エリューチカ王女は母親の『予言』を信じなかった。だが、今から一年半ほど前、スフェンベルグ国内で鉱山が見つかったことで、ようやくその『予言』が本当であること、祖国が滅亡の危機に瀕《ひん》していることを悟《さと》ったのだ。

「母が亡くなる前に『予言』したことは二つ。一つは魔石の鉱山が発見されたことが原因でスフェンベルグが滅亡すること。そしてもう一つは、スフェンベルグの滅亡を主導した存在についてでした」

「スフェンベルグの滅亡を主導した存在、だと？」

ジークハルトが眉をひそめた。

「はい。ですが、金色の神様のおかげでスフェンベルグは滅亡を免《まぬが》れ、『予言』は外れました。そのため私はこの二つ目の『予言』のことはもう言う必要はないと思い、口にしなかったのです。……いえ、私自身、お母様の『予言』を信じたくなかったのかもしれません。ですが、彼に相談したら、陛下たちには伝えておいた方がいいと」

自分の斜《なな》め後ろに立っているリックを見上げながらエリューチカ王女が言う。

「ルベイラの介入《かいにゅう》により、他国は魔石の鉱山をかすめ取ることができなくなりました。その矛先《ほこさき》が今度はルベイラに向けられる可能性もある。用心してもらった方がいいのではとリックが」

王女と視線を合わせたリックがほんのり微笑んでから頷いた。

「はい。杞憂《きゆう》に終わるかもしれませんが、それでもお伝えするのが筋だと思いました」

「それで、第二王妃様の『予言』にあったスフェンベルグの滅亡を主導した存在とは？」

カーティスが前のめりになって問う。エリューチカ王女は視線を前に戻して唇《くちびる》をきゅっと引《ひ》き締《し》めながら答えた。

「ファミリア神殿《しんでん》です。お母様は、ファミリア神殿の者が魔石の鉱山目当てに周辺諸国を唆《そそのか》して、スフェンベルグの滅亡を主導するだろうと仰っていたのです」

「ファミリア……神殿が⁉」

まさかの回答にロイスリーネは息を呑んだ。ロイスリーネだけではなく、いつもは無表情のジークハルトも驚《おどろ》きを浮かべていたし、カーティスに至っては笑顔が掻《か》き消えて目を見開いている。

ロイスリーネたちの反応を見てエリューチカ王女は目を伏せた。

「……驚かれますよね。私もです。ですから、言い出せなかったのです」

「このルベイラでもファミリア神殿の影響は大きい。王家も女神《めがみ》ファミリアを信奉していると聞いています。信じられない気持ちは、十分分かるのですが――」

言《い》い募《つの》るリックを制したのはカーティスだった。すっかり元の柔和な表情に戻ったカーティスが柔《やわ》らかな口調で言う。

「大丈夫です、リック殿。驚きましたが嘘《うそ》だとは思っておりません。確かにルベイラ王家は夜の神の封印《ふういん》のことがあるため先祖代々女神ファミリアを信仰《しんこう》してきましたが、傾倒してはおりません。むしろ、引っかかっていたことがその『予言』のおかげで解消できました」

——引っかかっていたこと？　カーティスは何か思うところがあったのかしら？

ロイスリーネは疑問に思ったがカーティスに問うている時間はない。謁見の時刻《じこく》が迫っていたからだ。

「確かスフェンベルグは、キルシュタイン教区の管轄《かんかつ》だったかな？」

「はい。我が国スフェンベルグやその周辺国を取りまとめているファミリア神殿はキルシュタイン教区で、キルシュタイン国の首都にある神殿の神殿長が取りまとめています。お母様は特に誰と特定はしませんでしたが、各国に働きかけができるとなると、この神殿長か……もしくはその周辺の者の仕業としか思えなくて……。ですが、相手はファミリア神殿です。私ではどうすることもできませんでした」

エリューチカ王女は悔《くや》しそうに呟くと、膝《ひざ》に乗せていた手をぎゅっと握《にぎ》りしめた。

「エリューチカ殿下……」

——たった一人で。お母様の『予言』を周囲に漏《も》らすわけにもいかない状況《じょうきょう》で、彼女なりにやれることはしようとしていたのね……。

だが相手は国家で、しかもファミリア神殿だ。小国の王女にいったい何ができただろう。

——そんな時にひーちゃんが現れて力を貸すと言われて、エリューチカ王女がそれに縋《すが》ったのも無理はないわ。

結果的に自分の評判は落としたものの、エリューチカ王女は見事にスフェンベルグ存続の道を切り開くことができたのだ。

この瞬間《しゅんかん》、ロイスリーネの中にほんのちょっぴり残っていたエリューチカ王女へのわだかまりが、完全に消え失《う》せた。

「エリューチカ殿下。知っていますか？　私の曽祖母《そうそぼ》も『予言』のギフトを持つ魔女だったんですよ。ですからその『予言』がどれほど荒唐無稽《こうとうむけい》であっても、私は信じます」

「王妃様……っ」

微笑みながら言うと、エリューチカ王女の目が潤《うる》んだ。

「今まで一人で秘密と重荷を抱えてきて、大変でしたね、殿下。でももう大丈夫。あとはルベイラが引き受けますから、どうかこれからはあなた自身のために大切な人と生きてください」

「あ、ありがとうございます、王妃様」

「エリューチカ様……」

ポロポロと涙《なみだ》を零《こぼ》すエリューチカ王女の肩にそっと手を置いたのはリックだった。これからも自分が傍《そば》にいて支えるから、と伝えているようにも見える。

「リック……」

見つめ合い、すっかり甘い雰囲気《ふんいき》を醸《かも》し出し始めた二人に待ったをかけたのは、ジーク

ハルトの声だった。

「……まぁ、その、なんだ」

すっかり置いてけぼりになってしまったジークハルトは、言いにくそうに口を挟《はさ》んだ。

「ロイスリーネの言う通りだ。エリューチカ王女。重大な秘密を打ち明けてくれて感謝する。キルシュタイン教区のファミリア神殿のことはこちらでも留意しておこう」

「っ、はい！　ありがとうございます、陛下」

「謁見が始まる時間が迫っていますね。そろそろ控《ひか》え室《しつ》に戻られた方がいいでしょう」

カーティスが声をかけると、エリューチカ王女は立ち上がり、見事なカーテシーをした。

「はい。これで心置きなくスフェンベルグに戻ることができます。お時間をいただき、ありがとうございました。陛下、王妃陛下」

リックを伴い、部屋を退出するエリューチカ王女の顔は晴れ晴れとしていた。

だが、笑顔で二人を見送ったロイスリーネたちは、彼らの姿が消えたとたん浮かない表情になる。

「……これってもしかしてもしかしなくても、すごく面倒なことになるのでは……」

頭を抱えるロイスリーネの後ろでカーティスが深いため息をつく。

「そうですね。……とてもやっかいです」

「……カーティス、お前の悪い予感が当たったたな」

そう呟くジークハルトの声に、力はなかった。


ジークハルトとカーティスは、エイベルと共に執務室《しつむしつ》に戻り難しい顔を突き合わせていた。

「――まさか、ファミリア神殿が主導していたとはな」

謁見は何事もなく終わり、エリューチカ王女の一行はスフェンベルグへと帰国の途《と》についた。

本来であればこれでスフェンベルグ発のトラブルは無事に解決する運びとなるはずだった。だが、最後に王女がもたらした残りの『予言』は、これが単なる始まりに過ぎないことを暗に示していた。

「でもこれで引っかかっていた点にも説明がつきました。おかしいと思っていたのです」

独り言のように呟いたのはカーティスだった。

「一国や二国ならまだしも、周辺国が揃いも揃って共闘《きょうとう》してスフェンベルグを狙うだなんて、中には敵対しているはずの国々まで含《ふく》まれていましたからね。その二国を話し合いのテーブルに着かせるだけでも苦労したはずです。なのに、どの国もすんなり繋《つな》がった様子なので、これはかなりの強国が裏で主導している可能性があると思っていました。……

国ではなく、ファミリア神殿だったわけですが」

「そうだな。ファミリア神殿が仲介《ちゅうかい》したのなら、仲が悪い国同士が手を取り合うことになったのも頷ける。あの地域は代々ファミリア神殿の影響が強いからな」

ジークハルトが眉間《みけん》に皺《しわ》を寄せた。

「聖職者が魔石の鉱山目当てに諸外国を唆して一国を滅《ほろ》ぼそうなどと。世も末ですね」

「僕は別に驚かないけどね。聖職者だって人間なんだし、各神殿の中で女神ファミリアを祀《まつ》る神殿が一番俗物的《ぞくぶつてき》なのは、カーティスだって知ってるでしょ」

明るい声で毒を吐《は》いたのは従者のエイベルだった。

「そりゃあ、ジョセフ神殿長とかは真の聖職者だし、王都の神殿に勤めている神官たちが敬虔《けいけん》でまじめな者たちばかりなのは確かだけど、大神殿《だいしんでん》に勤めている大神官たちが陰《かげ》で権力闘争《とうそう》を繰《く》り広《ひろ》げているのは公然の秘密だしね」

「確かにこの前の教皇選の時も裏では熾烈《しれつ》な争いが起こっていて、賄賂《わいろ》や買収などが横行していたようですが。私は内部で権力争いしているだけならともかく、魔石目当てに他国を唆して、一国を滅ぼそうとしているのが嘆《なげ》かわしいと言っているんです」

「まぁ、やりすぎだよね。これが発覚したら総本山のファミリア大神殿を揺《ゆ》るがす大問題になるんじゃないかな？　それこそ今はなんとか首の皮一枚で繋がっている新教皇の責任問題になるくらいに」

神聖メイナース王国の王太子《おうたいし》ルクリエースの暗殺未遂《みすい》事件を発端《ほったん》に、前の教皇は責任を取って辞任している。次に選出されたのが今の教皇だが、彼もまた着任早々クロイツ派の教祖プサイの魅了術《みりょうじゅつ》によって惑《まど》わされ、大神殿の秘宝とも呼ぶべき宝――実は夜の神を封印した空間に行くための『鍵《かぎ》』になる魔石――を渡《わた》してしまうという失態を犯《おか》していた。

選出されたばかりということで今のところ辞任という話にはなっていないが、大神殿における現教皇の影響力はかなり低下していると聞く。今度何かあればかならず責任問題が持ち上がるだろう。

「こういう時のために特別監査室《かんさしつ》があるのでしょうけど、まぁ、最近までクロイツ派のことで手一杯《ていっぱい》だったようですしね、あそこも」

特別監査室というのは別名「内部監査室」とも呼ばれている大神殿やファミリア神殿における公安機関だ。ファミリア神殿に所属する神官や内部の職員たちの不正を摘発《てきはつ》して裁くことのできる独立した部署で、特別監査室に所属する職員は審問官《しんもんかん》と呼ばれている。

偽《にせ》聖女イレーナとガイウス元神殿長の件でジークハルトたちは審問官ディーザと出会い、その後色々あってクロイツ派の摘発においては協力関係を築いていた。

「カーティス。確か、教皇選の時に不正をしたとして、特別監査室に摘発されて失脚《しっきゃく》した元枢機卿《すうききょう》がいたな」

「カーナディー元枢機卿ですね。捕縛《ほばく》されたガイウス元神殿長の後ろ盾《うしだて》になっていた人物で、キルシュタイン教区の神殿長をしていました。つい半年ほど前までは」

「……なるほどな」

呆れたようにため息をついてからジークハルトは言った。

「主導したのはカーナディー元枢機卿か。大神殿で返《かえ》り咲《ざ》くために金を必要としていたのかもしれないな。確か大神官の位も剥奪《はくだつ》されたそうだが、破門になったわけではないし、彼の協力者もまだ潜《ひそ》んでいるはずだ」

「用心するに越《こ》したことはありませんね。ジョセフ神殿長《叔父上》とディーザに連絡《れんらく》を取って、カーナディー元枢機卿の動向を調べてもらいましょう」

「あ、ねぇ、エリューチカ王女の護衛を増やした方がいいんじゃないの？」

エイベルが会話に割り込んだ。

「スフェンベルグがルベイラと結びついたのは、エリューチカ王女がきっかけなんだから、その恨《うら》みが彼女に向かう可能性もあるでしょ？」

「それなら心配はいらない。『影』を三人ほどエリューチカ王女に付けてある。スフェンベルグまでの道中の警護にと思ったんだが、しばらくの間そのまま護衛の任についてもらうことにしよう」

「それなら心配いらないね。金の神様」

「そうだね。一応、配慮《はいりょ》に感謝しておこうか」

突然《とつぜん》聞こえた第三者の声に、ジークハルトとカーティスはぎょっとしてエイベルを振り返った。するとエイベルの頭の上に金色の羊がどんと乗っているではないか。

「なっ、いつの間に⁉」

「ついさっきだよ」

答えたのは頭の上に乗られているエイベルだ。

「いきなり頭が重くなったと思ったら、上に乗っていたんだよねー」

「君たちの会話はその前から聞いていたよ。出るつもりはなかったけど、伝え忘れていたことを思い出して足を運んだんだ」

金色の羊はエイベルの頭からぴょんと跳躍《ちょうやく》し、ジークハルトの机の上に着地した。

「伝え忘れていたこと……？　それは何だ？」

ジークハルトはなんとなくこの金色の羊こと日の神の分霊が苦手だった。見ていると背筋がざわつくというか、落ち着かない気分になるのだ。だからうさぎ《うーちゃん》の姿の時も、ほとんど会話を交《か》わすことはなく遠巻きにしている。

それに何となく相手《羊》の方も自分を好きじゃないのが雰囲気で分かる。

そんな感じで互いの存在をスルーしているからこそ、こうして自分の前にわざわざ姿を現すことに警戒心を覚えずにはいられなかった。

「僕がスフェンベルグで未《いま》だに一部維持《いじ》している『強制力』のことだ。エリューチカが帰国したとたんに『強制力』は消える。そう設定してあるんだ」

『強制力』というのは金色の羊がスフェンベルグの人々、そしてルベイラでも一部の人間を操るのに使った力で、言うなれば命令権のようなものらしい。世界を創りだした創造神だからこそ持ち得る権能の一つだそうだ。

どういうカラクリなのかはジークハルトにはよく分からないが、金色の羊はその『強制力』を使い、スフェンベルグの人々を操ってエリューチカ王女がルベイラに行けるように誘導《ゆうどう》した。そして、スフェンベルグに潜んでいた他国の間者《かんじゃ》や、国に裏切り行為《こうい》をしている者たちにはその部分の記憶だけを封《ふう》じ、他国に情報が渡らないように操作していたのである。

おかげでジークハルトの放った『影』も未だに自分が『影』であることを忘れており、連絡も取れていない。

「つまり、エリューチカが帰国したとたん、何もかもが正常に戻る。スフェンベルグを狙っていた連中に、ルベイラの介入と自分たちの作戦が失敗したことが知れ渡るってこと。今のうちに心するんだね、ルベイラの王」

金色の羊は器用にも片眉《かたまゆ》だけ上げてみせた。

「事態は収拾したわけじゃない。まさしくこれから混乱が始まる合図だよ」

警告するような口調に、ジークハルトたちは顔を見合わせたのだった。

第二章

お飾り王妃のギフトがバレた……？

金色の羊から警告を受けたジークハルトたちの動きは早かった。早々にジョセフ神殿《しんでん》長《ちょう》と特別監査室《かんさしつ》のディーザに連絡《れんらく》を取り、魔石《ませき》の鉱山を巡《めぐ》る陰謀《いんぼう》に、ファミリア神殿のキルシュタイン教区の者が関わっていることを伝えて調査してもらったのだ。

その結果、キルシュタイン教区の神殿に所属するとある祭祀長《さいしちょう》が関わっていたことが判明した。だが調査はそこで行《い》き詰《づ》まり、ジークハルトたちが期待したような成果は得られなかった。

「むううう、納得《なっとく》いかないわ」

『緑葉亭《りょくようてい》』でテーブルを拭《ふ》きながらリーネことロイスリーネは頰《ほお》を膨《ふく》らませる。

「結局祭祀長の独断で行われたことにされて、カーナディーン元枢機卿《すうききょう》は無罪放免《ほうめん》になったなんてっ」

昼の営業時間を終え、『緑葉亭』には常連客、つまり『影《かげ》』たちとカインしかいない。

ここぞとばかりにロイスリーネは溜《た》めに溜め込んだ不満を口にした。

「その祭祀長って人はカーナディー元枢機卿の部下だった人なんでしょう？　絶対に命令されてやっていたに違《ちが》いないのに」

「疑わしきは罰《ばっ》せず、さ。仕方ないだろう？　祭祀長が自害しちまったんだからさ」

『緑葉亭』の女将《おかみ》リグイラがカウンターに座り、頬杖《ほおづえ》をつきながら言った。仕方ないと言いつつ顰《しか》め面《つら》なのは、彼女自身もこの結果に納得していないからだろう。

「でもリグイラさん。捕縛《ほばく》される直前に亡《な》くなるなんて出来すぎじゃないですか。そもそも祭祀長が自害したのだって本当かは分からないのでしょう？　もしかしたら自死を装《よそお》って口封《くちふう》じに殺されたのかもしれないですし」

「その可能性は捨てきれないな」

口を挟《はさ》んだのは軍服姿のカインだった。

ジークハルトはお忍《しの》び用に作られた架空《かくう》の人物カインに扮《ふん》して、時々こうして『緑葉亭』にやってくる。

ロイスリーネも公務の合間を縫《ぬ》って『緑葉亭』の看板娘《かんばんむすめ》リーネとして働きに出ているのだから、実に似《に》た者夫婦《ものふうふ》と言えよう。

「『影』たちの報告と特別監査室の調査でも、スフェンベルグを狙《ねら》っていた国々の調停役をしていたのは祭祀長だったことが判明している。その時期カーナディー元枢機卿は教皇選でキルシュタイン教区を離《はな》れて大神殿《だいしんでん》にいたからな。自身が忙《いそが》しい時だったからなのかは不明だが、万が一発覚した際には自分に火の粉が降りかからないよう最初から手を回していたのかもしれない。ジョセフ神殿長が言うにはカーナディー元枢機卿はかなり狡猾《こうかつ》な人物らしいから」

「要するにトカゲの尻尾《しっぽ》切りというやつね。なんだか腹が立つわね。他人に任せて自分はちゃっかり大神殿の安全な場所にいたわけでしょう？」

「安全な場所とまではいかないけどね。教皇選の不正行為《こうい》が発覚して、枢機卿の位も大神官の位も剝奪《はくだつ》され、今では一介《いっかい》の神官として大神殿内の閑職《かんしょく》に追いやられているわけだから」

「普通《ふつう》はそこまでしたら神官だって辞めて大神殿を出て行くでしょうに……」

不正行為がバレて地位を剝奪された時点で神殿を去る者がほとんどだ。なのによほど面《つら》の皮が厚いのか、カーナディー元枢機卿はまだ大神殿にしがみついている。

『影』の一員であり、普段《ふだん》は近くの織物《おりもの》工場で機械技師として働いているゲールが言った。

「今の教皇はかなり日和見《ひよりみ》らしいからなぁ。カーナディー元枢機卿の処分は彼が教皇になって下した最初の審判《しんぱん》だったらしいが、断固とした態度を取れず、無駄《むだ》に情けをかけてしまったという話だ」

うんうんと頷《うなず》いたのはゲールの相棒で同じく織物工場に勤めているマイクだ。

「頼《たよ》りないという評判だよな、あの教皇。他にいい人選はなかったのかねー」

カインが苦笑《くしょう》を浮《う》かべた。

「仕方ない。あの時期は神聖メイナース王国との関係を修復するのが最優先だったようだからな。教皇の事なかれ主義なところが最適だと判断されたのだろう」

一国の王太子《おうたいし》を教皇の側近が暗殺しようとした事件は人々の記憶《きおく》に新しい。信者に向けても他国に向けても大神殿は神聖メイナース王国と引き続き友好関係にあることを示さなければならなかった。

そこで選ばれたのが今の教皇だ。そんな性格だからこそ、神聖メイナース王国ともルクリエース王太子とも敵対することなく事を収められるだろうと期待されての選出だった。

「ジョセフ神殿長が教皇になればもっと簡単だっただろうに」

誰《だれ》かがボソッと呟《つぶや》いた言葉に、ロイスリーネは苦笑した。

「確かにジョセフ神殿長だったら、神聖メイナース王国とも上手《うま》くやれただろうし、カーナディー元枢機卿とやらもきちんと断罪してくれていたと思うわ」

ロイスリーネはだいぶ後になるまで知らなかったが、枢機卿でもあるジョセフも教皇候補の一人として名前が挙げられていたらしい。だが彼は「自分は教皇の器《うつわ》ではないから」と、さっさと候補を辞退してしまったのだという。

――他の枢機卿からの信頼《しんらい》も厚いと聞いているから、もしジョセフ神殿長が候補のままだったらきっと教皇になっていたでしょうね。まぁ、私としては信頼できるジョセフ神殿長にはルベイラのファミリア神殿にいて欲しいと思ってしまうのだけれど。

　実際、ジョセフ神殿長が戻《もど》らなかったら、あのガイウス元神殿長が代行ではなく実際の神殿長になっていたかもしれず、ルベイラにとっては幸運なことだったと言えるだろう。

「仕方ないさ。現実は頼りない人物が教皇になって、カーナディー元枢機卿は破門もされずに大神殿に居座《いすわ》っている。あたしら『影』でも大神殿の中のことはどうにも手が出せないからね。これは陛下にだって言えることだけど」

　リグイラはカインに向かって眉《まゆ》をあげてみせる。それを受けてカインが苦笑しながら頷いた。

「ああ。神殿のことは神殿内で処理するのが鉄則だ。俺でも口は出せない。その代わり、神殿にもルベイラのことは口出しさせないがな。ただ、幸いなことに、クロイツ派のことで特別監査室とは繋《つな》がりができた。審問官《しんもんかん》のディーザも引き続き亡くなった祭祀長とカーナディー元枢機卿との間に関連がないか探《さぐ》ってくれている。彼の調査に期待しよう」

「そうだね。……何となく『影』としての勘《かん》なんだけど、このままカーナディー元枢機卿を放置していたらダメなような気がするんだよ。キーツも同じ意見でね」

　とリグイラは厨房《ちゅうぼう》の方を指さした。中では『緑葉亭』の料理人でありリグイラの夫でもあるキーツが洗い物をしている。

　カインは頷いた。

「ああ、俺もそう思う。カーナディー元枢機卿が大神殿を離れないってことは、虎視眈々《こしたんたん》と返《かえ》り咲《ざ》くことを狙っているんだろう。用心するに越《こ》したことはない」

「うちらの方も引き続きスフェンベルグの周辺には目を光らせておくよ。カーナディー元枢機卿との繋がりが出てくるかもしれないからね」

リグイラは立ち上がると、せっせとテーブルを拭いているロイスリーネに言った。

「リーネ。掃除《そうじ》は終わりにしてもう上がりな。今日はカインが送っていく予定なんだろう？」

確認《かくにん》するようにリグイラがカインを見ると、彼は頷いた。

「ああ、当座の仕事は終えてきた。今日は比較的《ひかくてき》時間があるから、王都にある別の出入り口に案内しようかと思っているんだ」

王宮の地下には王族だけが出入りできる秘密の通路が張《は》り巡らされていて、いくつかは王都に通じている。万が一の時に王宮を脱出《だっしゅつ》するためのものだ。

ロイスリーネは普段その秘密の通路を通って『緑葉亭』に出勤しているのだが、知っているのは今使っている王都の東側の住宅街にある隠《かく》れ家《が》のみ。万が一の時のために他の出入り口も教えるとジークハルトは以前から言っていたのだが、時間がなくてなかなか叶《かな》わなかったのだ。

――とうとう教えてもらえるんだわ。すごく楽しみ！

「では掃除用具を片付けてきますね！」

ロイスリーネは満面の笑《え》みを浮かべると、元気よく返事をした。

それから十分後、ロイスリーネとカインは『緑葉亭』を後にして腕《うで》を組みながら道を歩いていた。

ついこの間まで二人はただ手を繋ぐだけだったのだが、今では腕を組んで歩くまでに進歩している。

以前、彼らは夫婦《ふうふ》円満だということを示すためにジークハルトとロイスリーネとして王宮の中庭でデートを繰《く》り返した。もう「エリューチカ王女の方が王妃《おうひ》として相応《ふさわ》しい」などと言い出す者はいなくなったために頻度《ひんど》こそ減ったが、今でもたまに散策することがある。その際には仲の良さをアピールするために腕を組んで歩いているので、すっかりぎこちなさや恥《は》ずかしさが薄《うす》れていた。要するに慣れたのだ。

おかげでカインとリーネとして歩く時も自然に腕を組むようになっている。

――いえ、今でもちょっぴり恥ずかしいわよ。でも、それより嬉《うれ》しい気持ちの方が勝《まさ》っているのよね。

ジークハルトも素敵《すてき》だがカインも格好いい。妻としての贔屓目《ひいきめ》がなくとも軍服姿のカインは人目を引く容貌《ようぼう》だ。そのカインと恋人《こいびと》として腕を組んで歩けるのだ。さらに愛《いと》おしそうに見られたり、微笑《ほほえ》まれたりするのである。これが乙女心《おとめごころ》をくすぐられずにいられようか。

おかげで歩いている間ずっと胸がキュンキュンしっぱなしだ。

――惜《お》しいのは、私がさえない眼鏡とおさげ姿だということよね。

道行く若い娘たちがカインに気づいてうっとりとして、次に腕を組んでいるロイスリーネに気づいて「なんであんたなんかと！」という目で見てくるのが分かってしまう。

――小説だったら、「平凡《へいぼん》な容姿の私がカインさんと恋人なんて……」とか気おくれして落ち込む場面だけど……。

生憎《あいにく》と精神《メンタル》が鋼《はがね》のロイスリーネはそんなふうには思わない。野暮《やぼ》ったい姿をしているが、着飾《きかざ》ればそれなりの容姿に見えることは分かっているし、何よりジークハルトの気持ちが自分にあると素直《すなお》に思っているからだ。

――こんな私でも良《い》いと、ううん、こんな私が良いんだって陛下は言って下さったのだもの。

「こうしてリーネが俺の恋人だと堂々と示せるのはいいな」

にこにことカインが笑っている。

ジークハルトの時はうんともすんとも動かない表情が、カインの姿の時は気分によってころころ変わるのだ。

――陛下は……本来はカインさんのように表情豊かな人なのよね。七年前に祖国のロウワンを訪《おとず》れた時はそうだったもの。

けれどルベイラ前国王の死によって、十六歳で強国を束ねていかなければならない立場になって、諸外国や貴族たちに侮《あなど》られないようにするため厳格な国王を演じ続けている間に、ジークハルトはすっかり感情を表に出せなくなってしまった。

――もう誰もジークハルトを若いからといって侮る人はいないのに。陛下はこの七年間で立派な国王だということを内外に示し続けたもの。だから、もう陛下の時に素の自分を出しても大丈夫《だいじょうぶ》なはずだけど……。

前より無表情ではなくなったとはいえ、依然《いぜん》として笑わないジークハルト。

――これはあれよね。カーティスやエイベルや頼れる人たちが周囲にいるにもかかわらず、国王として気負い過ぎているというか、全部を背負い過ぎるからなのよね。

その責任を分かち合うために王妃がいるのに、未《いま》だにロイスリーネは「お飾り」から抜《ぬ》け出《だ》せず、ジークハルトを支えるどころか庇護《ひご》を受けてばかりいる身だ。

――私が王妃としてもっとしっかり陛下を支えられるようにならないと。

密《ひそ》かに決心すると、ロイスリーネはカインの腕に今まで以上にぎゅっとしがみついた。

「私もこうして一緒《いっしょ》にいられるのは嬉しいです。リーネとカインだったら周囲の目もあまり気にならないですしね」

「王宮だとどうしても人目があるからなぁ」

そんなことを言い合いながら笑顔《えがお》で寄《よ》り添《そ》って歩いていると、不意に揶揄《やゆ》するような声が響《ひび》いた。

「ひゅーひゅー、熱いわね、お二人さん」

「え……?」

どこかで聞いたことのある声だった。二人は立ち止まり、声のした方を振《ふ》り向《む》く。するとそこにはフードを深く被《かぶ》った人が立っていた。全身を白いローブで覆《おお》っているもののの、立ち方や裾《すそ》から覗《のぞ》くスカートなどを見るに、相手は女性のようだ。

「……誰だ?」

カインが警戒心《けいかいしん》も露《あら》わにロイスリーネを庇《かば》うように前に出る。だがロイスリーネは声の主に心当たりがあった。

「カインさん、大丈夫。この人は──」

「私でーす」

女性はフードをはねのける。黒髪《くろかみ》に碧眼《へきがん》の女性の顔が露わになった。その顔は驚《おどろ》くほどロイスリーネと似通っている。

それも当然だ。なぜなら彼女は──。

「ロレインおば様!?」

「え？　ロレイン様……？」

そう。母ローゼリアの従姉《いとこ》でロイスリーネにとっては「従伯母《いとこおば》」にあたる、『鑑定《かんてい》の聖女』ロレインだった。

「ロレインおば様、いつルベイラに？」

『鑑定の聖女』ロレインは要請《ようせい》を受けて世界各地を巡っているものの、元々は祖国ロウワンにあるファミリア神殿に所属する聖女だ。その彼女がなぜルベイラにいるのか。

「いつこちらに？　『鑑定』の仕事ですか？」

カインも知らなかったのだろう。困惑《こんわく》したように尋《たず》ねている。ロレインは悪戯《いたずら》が成功したかのように「ふふふ」と笑った。

「今日よ。仕事は仕事だけど、ちょうどルベイラを通過する予定だったから、ついでに無理を言って王都まで足を運んだの」

相変わらずロレインは若々しく、二十代にも三十代にも見えた。が、実際は四十代であり、まごうことなき中年の域に入っている。

「ロイ……いえ、リーネにも会いたかったから、『緑葉亭』に行くところだったのよ。ここで会えてよかったわ」

そこまで言うとロレインはカインの警戒するような視線に気づいたのだろう。大丈夫だと笑った。

「ごめんなさいね、物々しくて。一人でも大丈夫だと言ったのだけど、昨今は物騒《ぶっそう》だからってこんなに護衛を付けられてしまってね」

ロレインの背後に気配を消して立っている男たちは、おそらく神殿所属の騎士《きし》なのだろう。遠巻きにしているものの、貴重な聖女を守るために周囲を鋭《するど》く窺《うかが》っている。

「いえ、それは仕方ありません。ロレイン様の祝福《ギフト》は貴重ですから」

「過保護なだけよ。それにしてもここで会えてよかったわ。行き違いになったらジョセフ神殿長に頼《たの》むつもりだったのよ」

ついでと言いながら、どうやらロレインはどうしてもロイスリーネたちに会う必要があったらしい。

王都にある秘密の通路の別の入り口を案内してもらうのは、残念だがまた今度にした方がよさそうだ。

「……カインさん」

そっと声をかけるとロイスリーネの言いたいことが分かったのか、カインも頷いた。

「『緑葉亭』に戻ろう」

「おや、忘れ物かい？　……って、こりゃまた思いもかけないお客様だね」

『緑葉亭』に戻ると、二人の後ろから店に入ってきたロレインを見てリグイラが目を見開いた。けれどすぐに状況《じょうきょう》を悟《さと》ったのだろう、小声で近くにいた『影』の一人に店の外にいる護衛騎士を監視《かんし》するよう命じると、三人を店の中に招く。

「この中は防音の魔法《まほう》が効いているから、外の連中に話を聞かれる心配はないよ」

「ありがとう、女将さん。これで気が楽になったわ」

椅子《いす》に座ると同時にロレインの口からは愚痴《ぐち》が零《こぼ》れる。

「いつもは気心が知れている騎士たちが護衛についてくれるのだけれど、今回は大神殿から派遣《はけん》されてきた騎士を連れて行けと言われてね。神殿の中であれば心配いらないと追《お》い払《はら》えるんだけど、彼ら、一歩神殿の外に出ると全然離れてくれなくて困っていたの。まったく、一挙手一投足見られているのも楽じゃないわ」

「なんだかすごく物騒なことになってますね、ロレインおば様」

「護衛と言いながら、ていの良い監視役よ、多分ね」

カインがためらいがちに尋ねる。

「ロレイン様、監視されるような覚えは……？」

「ない。……と言いたいところだけど、心当たりがなくもないのよね。だからこそ無理を言ってルベイラに寄ったのよ。手紙だと誰に読まれるかわかったものじゃないから。ああ、ありがとう、女将さん」

リグイラが運んできたお茶を見てロレインは顔を綻《ほころ》ばせた。

「何か変なものが入れられているんじゃないかと疑わずに飲み物を口にできるのって、やっぱりいいわね」

「え、ど、毒殺されそうになっているの、おば様⁉」

ロイスリーネは青ざめた。

こう見えてもロイスリーネは一応大国の王妃だ。毎回、王宮で出される食事は毒見役が試食して安全を確かめたものが出されているくらいには、危険な立場にある。つまり、口にする食べ物すべてに注意しなければならないことがどういう意味を持つのか嫌《いや》と言うほど分かっているのだ。

「大丈夫よ、ロイスリーネ。命を狙われているわけじゃないの。盛られるとしたら毒じゃなくて自白剤《ざい》ね」

「じ、自白剤……？」

「……詳《くわ》しいことをお聞かせ願えますか、ロレイン様」

カインが国王の口調になって言った。ロレインは頷き、お茶で喉《のど》を潤《うるお》すとゆっくりとした口調で話し始めた。

「今回の『鑑定』の依頼《いらい》を受ける少し前に、大神殿から問い合わせが来たのよ。ロイスリーネ、あなたのギフトについてね」

「え？　私のギフトについて？」

『緑葉亭』の中がにわかにざわついた。『影』たちにとってもまったく思いもよらなかったのだろう。

「そ、それって、つまり私のギフトが大神殿にバレているってこと⁉」

ロイスリーネは仰天《ぎょうてん》して「どうしよう？」という意味を込《こ》めてカインを見つめた。カインはカインで目を見張った後、深刻そうな表情になっている。

それに気づいたロレインは慌《あわ》てて手を振った。

「あ、誤解しないで。ロレインのギフトがバレたわけではないの。『ロイスリーネ王妃がギフトなしなのは本当か』という問い合わせだったのよ。もちろん、私はギフト持ちではないと返事をしたわ。だからバレたというよりは……疑いを持たれているという感じだと思う」

だがロレインは、いつもの護衛騎士ではなく大神殿の騎士たちを連れて行くようにと言われた時から、何かと探られている印象を抱《いだ》いたのだという。

「おそらく私の『ロイスリーネにギフトはない』という返事を疑っているのでしょうね。だから自白剤でも盛られるのではないかと警戒しているの。まぁ、いざとなれば浄化《じょうか》の魔法を使って効果を打ち消せばいいのだから、あまり危険は感じていないのだけれど」

あっけらかんと笑うロレインに、思わずロイスリーネは額を手で覆った。

——そういう問題じゃないと思うの、ロレインおば様……。

大胆《だいたん》で自由なところがあるロレインらしいと言えばらしいが……。

「……いくら魔法が使えるからといって危険なことに変わりはないじゃないですか」

ボソボソと文句を言ったら、ロレインは片目をパチンとつぶった。

「大丈夫よ、ロイスリーネ。私に危険はないわ。何しろ貴重な『鑑定の聖女』ですもの」

祝福《ギフト》による力は目に見えないため、魔法と区別がつきにくい。ギフトだと自分では思っていたものが、実は意識しないまま魔法を使っていただけだったという場合もある。

反対にギフト持ちに魔力《まりょく》があったせいで、行いのすべてが魔法によるものだと思われている例もあった。

いずれにしろ、常人では区別できない力——それがギフトなのだ。

そのギフトを唯一《ゆいいつ》判別できるのは、『鑑定』のギフトを持っている女性だけとされている。

『鑑定』のギフトは、文字通り人の能力を鑑定するという力で、行使する力が魔法によるものなのかそれともギフトによるものなのかを判別することができる。つまり、ギフトを持っている者を見つけることができるのだ。

しかもロレインは『鑑定の聖女』として有名で、あちこちで引っ張りだこだという。そんな貴重な存在を損《そこ》なうようなことを大神殿がやるわけがない。

──もしやるとしたら、『鑑定』のギフトより遥《はる》かに貴重で有力なギフト持ちを見つけた時……？

そこまで考えてロイスリーネはゾッとしてしまった。なぜなら『鑑定』より貴重で有力なギフトに心当たりがあったからだ。

──『還元《かんげん》』と『神々の寵愛《ちょうあい》』……。

『神々の寵愛』は未だに何なのかよく分かっていないが、古い神々と同じ『創造と破壊《はかい》』の力を発揮する『還元』のギフトは超《ちょう》がつくほど貴重だろう。

──あわわわ、ロレインおば様の身が危ない……！

「カ、カインさんっ」

ロイスリーネがカインの腕をぎゅっと摑《つか》んで縋《すが》るように見上げた。

「大丈夫だ」

カインはロイスリーネが何に懸念《けねん》を抱いているのか分かったのだろう。安心させるようにその手を包んだ。

「ロレイン様に『影』を付ける。……女将」

「ん。すぐに手配するよ」

リグイラが二つ返事で請《う》け合《あ》った。ロイスリーネは安堵《あんど》する。スフェンベルグの諸々《もろもろ》のことで『影』たちが忙しいのが分かっているだけに、手を煩《わずら》わせるのはどうかと思ったのだ。

「ありがとうございます、リグイラさん」

「なに、お安い御用《ごよう》さ。それにスフェンベルグの周辺国を調べるよりあんたのギフトの方が急務だ。……それにしても」

ロイスリーネに笑顔を向けていたリグイラだったが、ふと表情を曇《くも》らせる。

「大神殿に送り込んだ『影』は、あっちであんたのギフトの有無《うむ》が問題になっているとは言っていなかった。たぶん、そいつの耳にも入らないくらい限られた人間たちで探っているんだろうね。それらの人間が誰かということはこれから探らせるよ。問題は——どうして急に大神殿がロイスリーネのギフトの有無に疑問を持ったかだね」

「私のギフトのことは一部の者しか知らないはずなんですけど……」

知っているのはロイスリーネの両親や、ロレインをはじめとする母方の親類。ジークハルトと宰相《さいしょう》のカーティスに、従者のエイベル。それに王宮魔法使《まほうつか》いの長であるライナスに女官長《にょかんちょう》と侍女長《じじょちょう》。一部の『影』たち。あとはエマくらいだ。

みなロイスリーネが信頼している人たちばかりで、その中の誰かが不用意に漏《も》らすとは思えない。

——一体どこからバレたの？　あ、いえ、完全にバレたわけではなくて、疑われているという感じのようだけど……でも、急にどうして？

うーん、と頭を悩《なや》ますロイスリーネに挙手する者がいた。

「はい。それについては心当たりがあるわ」

手を挙げたのはロレインだった。

「おば様？」

目を丸くするロイスリーネにロレインは苦笑した。

「『鑑定』のギフトを持つのは、なにも私だけではないということよ。いえ、私もジョセフ神殿長からスフェンベルグとキルシュタイン教区で起こった不祥事《ふしょうじ》に、あのカーナディー元枢機卿が絡《から》んでいたと聞いて思い至ったのだけれどね」

どうやら大神殿は、キルシュタイン教区で起こった不祥事について他の教区の神殿には何も知らせていなかったらしい。ジョセフ神殿長はカーティスから詳細《しょうさい》を聞いていたが、他の教区に所属するロレインが不祥事の内容を知る機会はなかった。

「ロイスリーネ、ファミリア神殿には私以外にも『鑑定の聖女』がいるのを知っているでしょう？」

「え、あ、はい。ロレインおば様を入れて三人ですよね？　その中でもっとも能力が高くて有名なのがおば様だって聞いています」

「ふふ。褒《ほ》めてくれてありがとう。そう、ファミリア神殿に所属する『鑑定の聖女』は私を含《ふく》めて三人。そのうち最古参の『鑑定の聖女』メルディアンテの後見人になっていたのが、カーナディー元枢機卿なのよ」

カインがハッとなった。

「もしかして、その『鑑定の聖女』メルディアンテが……？」

「可能性はあると思うわ。カーナディー元枢機卿が失脚《しっきゃく》した時、彼女はキルシュタイン教区にいて、不正には関わっていなかったと無罪放免になっているわ。そのままキルシュタイン教区の新しい神殿長がメルディアンテの後見人になったはずなんだけど……。カーナディー元枢機卿とメルディアンテは、かれこれ三十年近くも組んでいたの。そう簡単に関係が切れるはずがないわ。何しろカーナディー元枢機卿が出世できたのも、彼女の力があってのことだと言われているくらいだもの」

なぜかファミリア神殿では、神官が出世する条件の一つに「聖女をファミリア神殿に勧《かん》誘《ゆう》する」ことが挙げられている。勧誘したギフト持ちの女性の後見人となってその聖女が活躍《かつやく》すればするほど、地位が上がっていくのだ。

――他の神々を祀《まつ》る神殿ではそんな話は聞かないのだけど、なぜかファミリア神殿では神官の出世に聖女の有無が密接に関わっているのよね。おかげで聖女の勧誘で一番しつこいのがファミリア神殿だって話だわ。

ロイスリーネの母方の女性の親族は多くがギフト持ちだ。そのため、幼い頃《ころ》からファミリア神殿の神官がやってきては勧誘されたのだという。

幸いなことにロイスリーネ本人は生まれたばかりの頃にロレインによって「ギフト持ちではない」と診断《しんだん》されていたので勧誘とは無縁《むえん》だったが、姉のリンダローネなどは王女という立場にもかかわらず未だに神殿からの誘《さそ》いが絶えないらしい。

「『鑑定の聖女』メルディアンテか……。名前だけは知っているけど、実際活躍してたのはもう二十年近く前じゃなかったかい？」

昔の記憶を探っているのか、顎《あご》に手をあててリグイラが呟く。

「最近じゃまったく聞かないね。ファミリア神殿の『鑑定の聖女』と言えばもっぱらあたの名前が挙がるからさ、ロレイン様」

「ふふ。様はいらないわ、女将。褒めてくださってありがとう。確かにメルディアンテが名を馳《は》せていたのはだいぶ昔のことで、知らないのも無理はないわ。もう一人の『鑑定の聖女』はまだまだ若くて修業《しゅぎょう》中の身だから。でもメルディアンテの実力は本物で、非常に強力な『鑑定』のギフト持ちでもあるの。だけどその能力の発現にはかなりのムラがあって、その時の本人の調子によって『鑑定』結果に大きな差が出てしまうのよ」

メルディアンテの調子がいい時は、ギフトの有無だけでなく、そのギフトがどういう種類でどんな能力を発揮するのかまで視《み》えるらしい。だが調子が悪いとギフトの有無をかろうじて感じ取れる程度にまで能力が低下してしまうのだ。

リグイラがニヤリと笑う。

「ああ、なるほど。そんなムラがある『鑑定』のギフトは使い勝手が悪いとなるわけか。メルディアンテが活躍したのはロレイン、あなたがファミリア神殿の聖女となるまでで、それ以降は安定して確実な『鑑定』のできるあなたが重宝されるようになったわけだね」

高名な『鑑定の聖女』ロレインは微苦笑《びくしょう》を浮かべる。

「ええ、そういうことね。だから、私はメルディアンテにたいそう嫌《きら》われているの。とても承認《しょうにん》欲求の強い人だから、私に自分の地位を奪《うば》われたと思っているのね。このルベイラ教区で彼女の名前がまったく知られていないのも、私と仲がいいジョセフ神殿長に近づきたくなくて、この周辺の依頼をまったく受けないからよ」

「けれどロレイン様はその『鑑定の聖女』がロイスリーネを視たのではないかと思っているんですよね」

そう口を挟んだのはカインだった。

「ええ。調子がいい時のメルディアンテだったら視えたはずよ。確証はないけれどね。メルディアンテの『鑑定』はムラがあるが故《ゆえ》に信頼度が低い。それで私に問い合わせがきたのだと考えれば辻褄《つじつま》も合うわ。ちなみにもう一人の『鑑定の聖女』ではおそらくロイスリーネのギフトは視ることができないでしょうから、そもそも論外ね」

「え？　あの、私のギフトって視えにくいものなの？」

ロイスリーネは目を瞬《まばた》かせた。ロレインはロイスリーネに微笑《びしょう》を向ける。

「ええ。強い『鑑定』のギフトがなければ視えないわ。特に『還元』の方はね。『神々の寵愛』もそう。普通の聖女や魔女《まじょ》では感じ取ることはできないと思うわ。あなたのギフトは……私に言わせるとギフトではないもの」

「ギフトでは……ない？」

――え、ギフトではないってどういうこと？

ロレインの言葉に困惑したのはロイスリーネだけではないようで、カインもリグイラたちも目を見張っている。

「ロレイン様、今のお言葉の意味は……？」

「少なくともファミリア神殿におけるギフトの定義ではないわ。ファミリア神殿ではギフトは神々から人間に贈《おく》られた祝福であり、聖女個人のものではなく、ギフトを持たぬ人々にも施《ほどこ》されるべきものなの。つまり、何か役に立つ、人々に与《あた》えられるものというのが定義なのよ。でもロイスリーネのギフトは違うわ。『還元』はともかく、『神々の寵愛』はあなた一人に向けられたもの。その力の片鱗《へんりん》さえも他人に分けたり施したりできないものだと私は感じたわ」

一度言葉を切ると、ロレインはくすっと笑った。

「『寵愛』とは言いえて妙《みょう》ね。あなたのためだけの祝福《ギフト》よ。でもそれはファミリア神殿の定義における祝福《ギフト》ではないわ」

「え、でも六百年前の愛《いと》し子《ご》であるローレンの『女神《めがみ》の寵愛』は、周囲に豊かさをもたらすギフトだったって……」

ローレンというのは六百年前に起きた世界中を巻き込んだ戦争の原因となった女性だ。彼女の『女神の寵愛』のギフトが周囲に豊かさと幸運をもたらすと思われたからこそ、彼女を得ようと国や各神殿が争い、大戦争に発展したのだ。

ちなみにそのローレンはロイスリーネの先祖だということをついこの間知った。どうやら、ローレンも同じように『還元』のギフトも有していたらしい。

「そう言われているけれど、あなたの『神々の寵愛』からはそんな力は感じられないわ。もしもローレンにそんな力があったと仮定したら、むしろ周囲に豊かさを与えていたのは『還元』のギフトの方ではなくて？」

ハッとしたようにカインが呟く。

「そうか。『創造と破壊』の力なら、周囲に豊かさをもたらしてもおかしくない。ロイスリーネが無意識に『還元』を使って秘密の通路を出入りしているように、六百年前のローレンも自分たちが生活しやすいようにギフトの力を使っていただけなのかも……？　それが『女神の寵愛』の効果だと誤解された？」

「私はそう考えているわ。だって私ですらロイスリーネの『神々の寵愛』が何なのかまったく分からないもの。全然『力』を感じられないの。ただギフトがあるだけって感じね。

反対に『還元』の方からは得体の知れない力を感じるわ。私に言わせれば『還元』もギフトだとは思えない。少なくとも私やローゼリア、それに聖女たちが持っているギフトとはまったく別のものよ」

「えええええ……」

――ギフトじゃないって何？　私ってば一体何を背負っているの？

初めてロイスリーネは自分が持っているモノを薄気味悪《うすきみわる》いと感じた。『還元』はまだ分かる。多少なりともその存在を感じられて、使ったという感覚も得られるようになってきていたから。

――でも『神々の寵愛』は？　全然感じられないわよ、そんなもの！　ならば、何のために私は生まれた時から持っているの？

ロイスリーネは何とも言えない気持ちになって呟いた。

「……『神々の寵愛』って……一体何なの？」

残念ながらそれに応える声はなかった。

『では私はもう行くわね。そろそろ騎士たちが店の中に踏《ふ》み込んでくるかもしれないから。まったくいつもの騎士たちなら私の意を汲《く》んでくれるのに、大神殿の連中ったら……』

ロレインはほんのり愚痴を言いながら店から出て行った。常連客のマイクとゲールの姿も同時に消える。

二人はこれから『影』としてロレインの護衛に付くことになったのだ。

──マイクさん、ゲールさん、おば様を頼むわね。

神殿騎士たちに囲まれながら人ごみに消えて行くロレインと、姿の見えないマイクとゲールを見送ったロイスリーネは、カインと一緒に帰途《きと》についた。

「秘密の通路の案内はまた今度だな」

「そうですね。さすがにもう帰らないとエマたちが心配しますから」

腕を組んで歩きながらたわいもない会話を交《か》わす。けれどお互《たが》いロレインの話で頭がいっぱいだった。

「……大丈夫だ。『鑑定の聖女』メルディアンテのことは女将たちが調べてくれる。彼女がいつどこでロイスリーネを視たのかも、すぐに判明することだろう」

「はい」

「ロイスリーネのギフトのことはまだ疑っている程度で、一部の神官たち──おそらくカーナディーー元枢機卿の周辺にしか知られていない。今のうちにカーナディーー元枢機卿を叩《たた》くことができれば、君のギフトの情報が広まることはないだろう」

「はい……」

頷きながら、ロイスリーネはカインの懸念とはまったく別のことを考えていた。

「……はぁ、うーちゃんの腹毛に顔を埋《うず》めて思いっきり吸いたい……」

思わず本音がだだ漏れになる。

「………」

「肉球をぷにぷにしたい。モフモフの毛に頬ずりしたい……」

「…………」

ロイスリーネはモフモフの慰《なぐさ》めを必要としていた。

――いや、本当、私のギフトってなんなのよ。今まで「何も感じないから、まぁ、いいか」ですませてきた自分が信じられないわ！

今なら分かる。知らなかったからこそ平気でいられたのだ。

それがここにきて急にあずかり知らないところでまたしても問題になりつつある。

百歩譲《ゆず》って、自分のギフトの得体が知れないのはまだいい。問題はこの不可解なギフトのせいで、またしてもジークハルトたちに迷惑《めいわく》をかけてしまうということだ。

――せっかく夜の神の呪《のろ》いもなくなって、クロイツ派もいなくなったというのに！

一体どこまでこの問題は続くのだろうか。

――私のギフトがバレたらどうなるのかしら。私を巡って戦争が起こる？　そんな六百年前の二《に》の舞《まい》になることはないと思うけれど……。

考えれば考えるほど不安になってくる。

――平穏《へいおん》を望んではいけないの？　私は『緑葉亭』で働いてみんなとおしゃべりをしたり、陛下とたまにお忍びデートをしたりできる今の生活を守りたいだけなのに……。

ロイスリーネが通勤に使っている隠れ家は、店からそれほど離れていない閑静《かんせい》な住宅街にある。あっという間にたどり着いた二人は隠れ家の入り口で別れることになった。

「軍の駐屯所《ちゅうとんじょ》に戻るからここまでしか送れないが、王宮の部屋に入るまでは気をつけて帰るように。一つ道を間違《まちが》えるととんでもないところに出るかもしれないからね」

「はい、ありがとうございます、カインさん。気をつけます」

へらりと笑ったロイスリーネをカインは気遣《きづか》わしげに見ている。すると何を思ったのか急にカインはロイスリーネの手を取ると、一緒に隠れ家に入っていった。

「カ、カインさん？」

突然《とつぜん》の行動にロイスリーネは笑みを張りつかせたまま困惑する。そんなロイスリーネをよそに、カインは壁《かべ》に両手をついてやんわりと彼女を腕の中に閉じ込めた。

「ロイスリーネ、俺の前で無理に笑うことはない」

どうやら平静を装っていることなどカインにはお見通しだったらしい。

「…………」

――そんなに優《やさ》しいことを言われたら、縋りたくなってしまうじゃないの。もうこれ以

上、心配かけたくないのに。

でもロイスリーネはジークハルトという人間を知っている。ロイスリーネが無理をして笑えば笑うだけ、心配して憂《うれ》いを取り除こうと頑張《がんば》ってしまう人なのだ。

ロイスリーネは笑みを消した。ここは王宮ではない。それに今のロイスリーネは王妃ではなくて「リーネ」だ。ただの給仕係《ウェイトレス》だ。だからほんの少しくらい弱音を吐《は》いたって構わないじゃないかと、そう思った。

「……無理に笑っているわけじゃないんですが、ちょっと思っちゃうんですよね。……私って何なのかって」

呟いた言葉はほんの少し震《ふる》えていた。笑って最後は「私は大丈夫」と言うつもりだったのに、意に反して弱気な言葉が飛び出してくる。

「私って平凡なはずだったのに、とんでもないギフトを持っていたし、そのくせ使いこなせないし、知らない間に色々やらかしていたり、クロイツ派に命を狙われたりして、ものすごく面倒《めんどう》な人間じゃないかって……。皆《みんな》に迷惑をかけて、自分が嫌になるんです。本当に、私って一体なんなんでしょう？」

「ロイスリーネ」

カインは壁から手を離すと、俯《うつむ》いているロイスリーネの頬を両手で挟み込んで顔を上げさせた。

「君は君だ。ギフトのことなんて関係ない」

水色の瞳《ひとみ》がロイスリーネの視線を捉《とら》える。

「君はルベイラの王妃で、俺の妻だ。そのことだけ考えていればいい」

「…………はい」

頬に触《ふ》れる手の温かさを感じながらロイスリーネは頷いた。不思議と慰められる気がした。

──私はルベイラの王妃。ジークハルト陛下の妻。……それで良いわ。ううん。私自身がそうありたい。

自分が何なのかよく分からないが、そんなロイスリーネをジークハルトは良いと言ってくれている。得体の知れないギフトなど気にしないと。

──だったら、今は何も考えずにただ甘えていよう。いいわよね、だって夫婦だもの。

ロイスリーネはカインの背中に手を回してぎゅっと抱きつき、胸に顔を埋めて目を閉じる。

……うさぎを吸った時と同じようなお日様の匂《にお》いがして、ロイスリーネの口元が綻んだ。

──うーちゃん、陛下、大好き。

しばらくの間二人は家の中で、ずっと抱き合っていた。

神聖メイナース王国にある自宅の書斎《しょさい》で、ニコラウスは集めた資料を整理していた。

かつて彼は審問官の中でもとりわけ高い地位を得ていたが、クロイツ派によって洗脳され、夜の神の眷属《けんぞく》イプシロンに身体《からだ》を乗っ取られたことで失脚した。

眷属に身体を乗っ取られると死ぬことでしか逃《のが》れることはできないらしいが、幸いなことにニコラウスは生き残ることができ、洗脳の後遺症《こういしょう》もない。彼は生きてこの世に戻れたこと、そして王太子ルクリエースが無事であったことにも感謝をしていた。

もちろん、洗脳されて罪を犯《おか》したニコラウスに向けられる視線は厳しいものだった。多くのものを失った。やりがいのある仕事、名誉《めいよ》、友人や親戚《しんせき》など。数えきれないくらいだ。けれど、残されたものや新たに得たものもあった。

まずはディーザとの友情。身体を乗っ取られている間、彼にはずいぶん迷惑をかけたはずなのに、見捨てずに救ってくれた。ディーザや元部下たち、それに特別監査室の室長やルクリエースの尽力《じんりょく》のおかげで、処罰《しょばつ》は驚くほど軽くすんだのだ。

一時は牢屋《ろうや》に入れられ、異端審問会《いたんしんもんかい》にかけられることも覚悟《かくご》したが、審問官の身分は剝奪されたものの、一神官として大神殿に残ることを許された。

運が良かったのだろう。もしニコラウスに厳しい処罰が与えられれば、彼がクロイツ派に堕《お》ちる原因となったルクリエースも無傷ではすまない。さらに大神殿の宝物を渡《わた》してしまった教皇をも罰しなければならなくなる。それを避《さ》けるためには、ニコラウスの罰《ばつ》を軽いものにするしかなかったのだ。

　こういう経過なので、あまり表に出ない方がいいと言う室長の判断で、ニコラウスは友人である審問官ディーザの私的な助手という立場で働いていた。彼は喜んでその仕事を請け負った。少しでもディーザたちの恩に報《むく》いたかったからだ。

　ニコラウスは今、ディーザの指示でキルシュタイン教区のファミリア神殿の祭祀長が犯した罪と、カーナディー元枢機卿の繋がりについて調査していた。

　残念ながら肝心《かんじん》の祭祀長が自殺してしまったことで、なかなかカーナディー元枢機卿の尻尾は掴めない状況だ。そこでもう一度過去の教皇選の不正を調べた資料を見返してみようと考えたのだ。

　だがその矢先、ディーザから魔法による『心話《しんわ》』が送られてきた。

《ニコラウス。緊急《きんきゅう》事態が起こった！》

「なんだって？」

《すぐに誰にも知られないようにルベイラに行ってくれ。俺の私的な助手であるお前はおそらく監視対象じゃないだろうから》

「監視？　一体どういうことだ？」
《今朝、監査室に教皇から調査を中止するよう通達があって——》
説明をするディーザの『心話』からは、彼にしては珍《めずら》しく焦《あせ》りや怒《いか》りが感じられた。だが、ニコラウスもすぐにディーザの言う「緊急事態」の意味を悟った。
「それはまずいな……。分かった。今すぐ発《た》つ」
《頼んだぞ、ニコラウス。絶対奴《やつ》らにロイスリーネ王妃を渡してはだめだ！》
「ああ、必ず守る。ルベイラにも王妃様にも、私は借りがあるからな」
ニコラウスは力強く答えると、ルベイラに赴《おもむ》くべく立ち上がった。

第三章　真犯人はお飾り王妃でした

メルディアンテは物心ついた時から、自分が特別な人間であることを知っていた。自分の目に見えているものが、普通《ふつう》ではないことも。

それを自覚するまでの言動のせいで家族には気味悪がられ、周囲からも浮《う》いた存在になっていたが、メルディアンテはまったく気にしなかった。

――私は特別な存在なの。だって、私には魔力《まりょく》のある人間が見えるのだもの。

そういう人間は、メルディアンテの目にほんのり光って見えていた。色はさまざまだ。少し青かったり、白かったり。自分は光っていなかったが、それが見える自分には魔力があるのだと、幼い頃《ころ》のメルディアンテは信じていたのだ。

周囲に魔力のある人間の数が少なかったため、大きくなるまでメルディアンテは色がその人物の魔力の方向性――たとえば水魔法《みずまほう》が得意だったり、癒《いや》しの魔法に適性があるという個々の違《ちが》いだとはわからなかった。

気づいたのは、生まれ育った辺境の村を偶然《ぐうぜん》聖女と神官、そして彼らを守るための神殿《しんでん》騎士《きし》が訪《おとず》れてからだ。

神官は眩《まぶ》しいくらいに白く光っていた。かなり癒しの魔法に特化した神官だったのだろう。だが、その神官をも上回る光の持ち主がその隣《となり》にいたのだ。

それが聖女だった。

老齢の域にさしかかっていた聖女だったが、彼女は眩《まばゆ》いばかりの金色の光を纏《まと》っていた。

その光を見ているうちにふとメルディアンテの脳裏《のうり》に『鑑定《かんてい》』という言葉が浮かんだ。

村人から「あのお方は著名な『鑑定の聖女』なんだそうだよ」と聞いて、びっくりした。『鑑定』の祝福《ギフト》を持つ聖女は、他人の魔力が視《み》えたりギフト持ちが分かったりするのだという。

――ああ、分かった。私も同じだ。あの金色の光がギフト持ちだとしたら、私も『聖女』だ！

やはり自分は特別な存在だとメルディアンテは思った。

そこでわざと『鑑定の聖女』の目に入るように前に出ると、聖女はすぐさまメルディアンテの存在に気づいた。

「おや、あなたもギフト持ちだわね。ふふ、『鑑定』の依頼《いらい》の途中《とちゅう》に偶然に立ち寄っただけだったのに、こんなところで原石を見つけるとは。……んん、それなりに強いギフトを持っているね」

『鑑定の聖女』は翠色《みどりいろ》の目をメルディアンテにじっと向けてひとり言のように呟《つぶや》いた。

「でも、とても不安定。視える時と視えない時の差が激しい。その歳《とし》でこれほど不安定とは……。だが、訓練しだいでは安定するかもしれないね。あなた、聖女になる気はない？」

メルディアンテは一も二もなく頷《うなず》いた。願ってもないことだった。こんな田舎《いなか》で閉鎖的《へいさてき》な場所は自分に相応《ふさわ》しくない。

──私は特別なんだから！

住んでいた国の首都にあるもっとも大きなファミリア神殿に連れて行かれたメルディアンテは、そこで『鑑定』のギフトを持つ聖女として認められた。

「力が安定していない」と『鑑定の聖女』が言った通りで、メルディアンテの力は日によって大きな差があった。だがそれもじっくり『鑑定』したいからと時間をかければ解決できる問題だった。

求められればどこにでも行った。メルディアンテを見いだしてくれた『鑑定の聖女』が高齢《こうれい》になったこともあり、依頼は増えていき、それをこなせばこなすほど名声は上がっていった。

いつしかメルディアンテは『鑑定の聖女』として有名になり、ファミリア神殿にこの人ありとまで言われるようになった。

――当たり前よ。どれほど力があるギフト持ちだろうと、私が『鑑定』して認定《にんてい》しなければ聖女になれないんだから。私は神殿に必要不可欠な存在なの。

聖女としての地位と名声が上がれば上がるほど、メルディアンテの自己顕示欲《じこけんじよく》は肥大していく。気位が高く、傲慢《ごうまん》なメルディアンテは聖女の間でも浮いた存在になったが、もちろん気にするような彼女ではなかった。

……だが、メルディアンテの天下は長くは続かなかった。すでに『鑑定の魔女《まじょ》』としてロウワンで名が売れつつあったロレインがファミリア神殿に入信したからだ。

能力にムラのあるメルディアンテと、いつでも強力な『鑑定』のギフトを発揮できるロレイン。大神殿《だいしんでん》がどちらを重用するかは言うまでもなかった。

『さすが「魔女の系譜《けいふ》」のご一族だけあるわ。能力も安定して強いし、魔法も使えるなんて。誰《だれ》かさんとは大違い』

『もうメルディアンテ様の時代は終わりね』

『護衛するのがあんな性格の悪い人ではなく、ロレイン様でよかった。あの方は我《わ》が儘《まま》も言わないし、皆《みんな》にも気さくで旅が楽しいもんな』

そんな声があちこちで囁《ささや》かれるようになって、メルディアンテはすっかり零落《れいらく》した。

――今まで私に媚《こび》を売っていたくせに！　手のひらを返してロレイン、ロレインって！　腹が立つ！　あの小娘《こむすめ》も小娘よ。私の方が年上で先輩《せんぱい》なんだから、敬うべきなのに！

なにが『聖女に上下はありません。みな平等ですわ。敬われたければ相手にも敬意を払《はら》うべきでしょう』よ！　生意気な！

メルディアンテはロレインを憎《にく》み、妬《ねた》んだ。だが実力の差は歴然だった。メルディアンテが調子がいい時の『鑑定』の能力を、ロレインはいつだって発揮できるのだから。メルディアンテはロレインが『鑑定の聖女』として名声を得ていくのを、指を咥《くわ》えて見ているしかなかった。

──くやしい、くやしい！

だが『鑑定の聖女』として次点のメルディアンテに目をかけてくれる人がいた。それがカーナディー元枢機《すうき》卿《きょう》──当時は大神官──だった。

もともとメルディアンテの後見人をしていた枢機卿が亡《な》くなり、その後を引《ひ》き継《つ》いだのがカーナディー卿《きょう》だ。メルディアンテの活躍《かつやく》もあって順調に地位を上げていたカーナディー卿は、決して彼女を見捨てはしなかった。

『その憤《いきどお》りは分かるよ、メルディアンテ。儂《わし》もジョセフの奴《やつ》は気にくわないからな』

カーナディー卿はほぼ同じ時期にファミリア神殿に入ったのに、自分を差し置いて出世していくジョセフ神殿長を妬んでいた。

『あいつがこうも早く出世していくのは、ルベイラの高位貴族であることを利用しているからだ。おのれ、卑怯《ひきょう》な奴め。能力なら儂とて決して負けぬものを！』

ジョセフ神殿長が出世していったのは、高位貴族出身というだけではなく、魔力もあり、人望もあるからなのだが、カーナディー卿は決して自分が劣《おと》っているからだとは考えない。常に悪いのは自分ではなく他者だという考えの持ち主だった。

そしてそれは、メルディアンテも同じだ。

――許さない、ロレイン。絶対に返《かえ》り咲《ざ》いてみせる！　あんたより私の方が上だということを証明してやる！

メルディアンテはカーナディー卿のために『鑑定』をしてギフト持ちだと判明した女性をどんどん取り込んでいった。聖女を多く見つけて後見人になれば、大神殿におけるカーナディー卿の発言力も増すからだ。

ロレインを押しのけてメルディアンテが再び『鑑定の聖女』として名を馳《は》せるためには、カーナディー卿を次の教皇に据《す》えるのが一番手っ取り早い。

噂《うわさ》を聞きつけてはキルシュタイン教区の街や村を見て回り、ギフト持ちの女性を探した。そしてギフト持ちと判明した女性は無理やり神殿に入信させて聖女に仕立て上げた。

しかし六百年前の大戦の後、新しき神々を祀《まつ》る各神殿は協定を結び、ギフト持ちの女性を無理に入信させてはならないことをルールとして定めている。勧誘《かんゆう》をするのは構わないが、本来無理強い《むりじ》はご法度《はっと》だった。

だが、メルディアンテもカーナディー卿もそのルールを無視した。見つけたギフト持ちの女性を脅《おど》したり家族を盾《たて》にしたり、あるいはクロイツ派の仕業に見せかけて襲《おそ》わせ、恐怖心《きょうふしん》を植えつけて自らファミリア神殿に入るよう仕向けた。

全てはカーナディー卿のため、そしてメルディアンテ自身のために。

罪悪感はなかった。なぜならカーナディー卿にとっても聖女は自分の出世のための道具だったし、メルディアンテにとっても自分以外の聖女は単なる駒《こま》だからだ。

――私は特別よ。ロレインなんかに負けるものか。

……だが、どんなに努力してもロレインには勝てなかった。

不思議なことにロレインが見つけた聖女は皆強力な力を持っていて、地方の神殿でも大神殿でも活躍する。一方、メルディアンテが見つけて無理やり聖女にした女性たちは、いずれもパッとしなかった。無能ではないはずなのだが、本来の力をなかなか発揮できないでいる。

主な原因はメルディアンテがキルシュタイン教区における筆頭聖女の立場を奪《うば》われないよう他の聖女たちを抑《おさ》えつけて萎縮《いしゅく》させているからなのだが、そのことに彼女が気づくことはなかった。

結局、どうしてもロレインに勝てないまま二十年近くが経《た》ってしまった。おまけに頼《たの》みの綱《つな》であるカーナディー卿が教皇選で他の枢機卿たちを買収したり脅したりしたことが発覚して、失脚《しっきゃく》してしまった。

枢機卿の地位も、大神官の地位も失い、かろうじて破門にはならなかったものの、ここから再起するにはかなり困難な状況に陥《おちい》ってしまう。

『儂は必ず枢機卿に返り咲く。メルディアンテよ、引き続き儂に仕えよ。儂でなければ落ち目のお前がロレインの上に立つことなどできんぞ』

新しい神殿長の後見を得ても、聖女たちを脅迫《きょうはく》してファミリア神殿に入れていたことが明るみに出れば、おそらくメルディアンテは処罰《しょばつ》される。保身のためにもやはりカーナディー卿は必要だった。

そんななかカーナディー卿が目を付けたのが、スフェンベルグで発見された魔石《ませき》の鉱山だ。周辺諸国を唆《そそのか》して鉱山を手に入れる。カーナディー卿を再起させるには、それなりの金も必要だったのだ。

カーナディー卿の部下だった祭祀長《さいしちょう》とメルディアンテは、カーナディー卿の指示を仰《あお》ぎながら新しい神殿長の目を盗《ぬす》みつつ計画を進めた――が、どうしてもうまくいかない。いや、うまくいかない以前に、周辺諸国を焚《た》き付けたものの、その先からまったく計画が進まなくなってしまったのだ。

スフェンベルグに異変が起こっているようで、情報が全く入らない。神殿からスフェンベルグに人を送り込んでも、音信不通になってしまう。そうこうしているうちに第二王女のエリューチカがルベイラ国王に懸想《けそう》して、彼女の輿入《こしい》れのために魔石の鉱山を持参金代わりに差し出す話が聞こえてきた。

メルディアンテたちは慌《あわ》てた。ルベイラに出てこられたら計画が台無しだからだ。

――最初の異変はエリューチカ王女だと聞いたわ。もしかしたら、エリューチカ王女は私たちの動きに気づいて……？

まさかと思ったが頭から否定できないのは、王女が『予言』のギフト持ちであれば、メルディアンテたちの計画に気づく可能性があったからだ。

そこでメルディアンテはエリューチカ王女に会って確かめることにした。だが、会う前にあろうことかエリューチカ王女は、使節団の代表としてルベイラに行ってしまう。

――ルベイラに『鑑定の聖女』として行くことはできないわ。ジョセフ神殿長に私たちの動きを探《さぐ》られるわけにはいかないもの。

仕方なく祭祀長に頼んでキルシュタイン教区にある小国の使節団の一員に加えてもらい、身元を偽《いつわ》ってルベイラの王宮に入った。エリューチカ王女に謁見《えっけん》を申し込んで、この目で彼女がギフト持ちなのか確認《かくにん》するつもりだった。

だがその前にメルディアンテは見つけてしまったのだ――『神々の寵愛《ちょうあい》』のギフトを持つ人物を。

眩いばかりの金色の光に包まれたルベイラ王妃《おうひ》その人を。

「本当に『神々の寵愛』のギフトだったのだな⁉」

「はい。間違いありません」

急いでルベイラを離《はな》れ、大神殿にいるカーナディー卿に伝えると、彼は喜んだ。

「よくやったぞ、メルディアンテよ！　『女神の寵愛』を持つ者を迎《むか》え入《い》れるのは我らファミリア神殿の長年の悲願だったのだ。その者を見つけて大神殿に差しだすことができれば、儂は大神官の地位を賜《たまわ》ることができるだろう。枢機卿に返り咲くのも夢ではないぞ！」

「はい。そして『神々の寵愛』のギフトを持つ者を見つけ出した私は、ロレインより優《ゆう》秀《しゅう》な聖女であると証明することができます！」

メルディアンテは満面の笑《え》みを浮かべた。が、すぐに真顔に戻《もど》ってカーナディー卿に尋《たず》ねる。

「しかし、どうやって大神殿にお迎えしましょう？　相手は強国の王妃です。ファミリア神殿に入るということはその身分を捨てることになりますから、そう簡単にはいきませんよ」

「なあに、儂に考えがある」

カーナディー卿がにやりと笑った。

「誰もロイスリーネ王妃が『神々の寵愛』のギフトを持っていることを知らん。知っていたとしても公表されていないのだ。ロイスリーネ王妃はギフト持ちではないと一般《いっぱん》には思われている。すなわち、大神殿にお連れした『神々の寵愛』のギフトを持つ聖女がロイスリーネ王妃であることを証明するものは何もないのだ。連れてきて聖女としての洗礼を受けさせてしまえばこちらのものよ。本人が嫌《いや》だと言っても脅しようはいくらでもある」

メルディアンテもにやりと笑った。

「なるほど。いつもの手を使うのですね」

「そうだ。ロイスリーネ王妃はロレインの親戚《しんせき》なんだろう？　ジョセフの奴とも懇意《こんい》にしていると聞いている。そのロレインやジョセフを盾に脅せば黙《だま》って言うことを聞くだろう」

「ですが、相手はルベイラです。その王妃を奪い取るのは容易ではありません。それに、特別監査室《かんさしつ》の連中は必ず嗅《か》ぎつけてくるでしょう。どうなさるんです？」

「それも対処済みだ。監査室の奴らにはすでに監視《かんし》をつけてある。こちらの計画を嗅ぎつける前に潰《つぶ》してしまえばいいことだ。ルベイラに対しても心配はいらん。クロイツ派が消滅《しょうめつ》した今、それほど警戒《けいかい》もしていないはずだ。女一人攫《さら》うなどわけもないことだ。何しろ儂らには教皇猊下がついているのだからな」

自信たっぷりに言うカーナディー卿を頼もしい思いで見つめていたメルディアンテだったが、不意に誰かの視線を感じて周囲をキョロキョロと見回した。が、誰もいない。それもそのはず。人払いをして、部屋には自分たちしかいないのだから。

——それにこの部屋には防音や透視《とうし》を阻害《そがい》する魔法がかけられているはず。だから、絶対に誰かに見られるはずなどないのに……。気のせいかしら？

だがそう思いつつも、なぜか背筋がぞわりとした。と同時にメルディアンテの胸中を言い知れぬ不安がよぎる。

『メルディアンテ、ひとつ忠告をしておくよ。ギフトを私利私欲のために使用しちゃだめだからね。私たちはたまたま持って生まれただけ。この力は他者の役に立つために存在しているということを忘れちゃいけない。神々は与《あた》えた祝福を人間がどう使うのかちゃんと見ているんだから』

ふと、自分を見いだしてくれた『鑑定』のギフトを持った老聖女の言葉が甦《よみがえ》った。もう三十年近く、思い出しもしなかったのに。

『……だから気をつけるんだよ、メルディアンテ。もし己《おのれ》のためだけに使い続けようものなら、ギフトに見放されて力が使えなくなることもある。私はそんな例を何度も見てきたのだから』

——そういえば……。私はあれから『鑑定』していない……？

ルベイラから直接大神殿までやってきたこともあって、ここのところメルディアンテはまったくギフトを使っていなかった。

慌てて自分の中のギフトの力を確認してみたが、なかなか感じることができない。時間をかけてようやく発動したものの、部屋の中には魔力を持たないメルディアンテとカーナディー卿しかいない。あの光はまったく感じられなかった。

──まさか、『鑑定』の力が弱くなった？　い、いいえ、今日はたまたま調子が悪いだけよ！

だが、いつもだったら調子が悪くとも自分の中にある力は感じ取れるのに、今日はそれが恐《おそ》ろしく小さく、遠く感じられた。

「…………っ」

「どうした、メルディアンテ？」

突然《とつぜん》慌て出したメルディアンテをカーナディー卿が不思議そうに見る。

「い、いいえ。何でもありません」

とっさに誤魔化《ごまか》しながら、メルディアンテは手で胸をぎゅっと押さえた。

──もしギフトが使えなくなったら……私は、どうなるの？　いや、考えたくない！

不安なことはもう一つあった。

不意に思い出したのだ。ロイスリーネ王妃に力を使ってみた時のことを。

眩い金色の光の中に、メルディアンテは『神々』『寵愛』という二つの単語を読み取った。だから『神々の寵愛』のギフトということが分かったのだが……。

いつもだったら、文字と共にそのギフトがどんな力を持っているのかおぼろげながら分かるはずなのに、それ以上は何も感じられなかった。何も。

——ギフトなら何かしらの力があるはずよ。何もないなんてことはありえない！　でも…………。

消えていく力と得体の知れない『神々の寵愛』のギフトに、メルディアンテは言いようのない恐怖を覚え始めていた。


「うーちゃん、遅《おそ》いわねぇ」

夜、寝支度《ねじたく》を終えてベッドに腰《こし》かけながら、ロイスリーネはひとりごちた。

いつもならとっくに来ている時間なのだが、今日はまだ最愛のうさぎが姿を見せないのだ。

「きっとお仕事が忙《いそが》しいのでしょう」

近くに控《ひか》えていたエマが慰《なぐさ》めるように言う。

「そうね。ロレインおば様が言っていた聖女メルディアンテのこととか、調査しなければならないことがたくさんできちゃったものね」

ロイスリーネの最愛のうさぎ「うーちゃん」の正体は夫であるジークハルトだ。夜の神

れ

クロイツ派に命を狙《ねら》われていた当時、ロイスリーネはなかば軟禁《なんきん》状態で離宮《りきゅう》で守られていたのだが、寝《ね》ている間に何か起こるのではないかと心配したジークハルトがうさぎ姿のまま寝室《しんしつ》に現れるようになったのが始まりだ。

もっともロイスリーネは長らく「うーちゃん」の正体を知らなかった。ひょんなことから本当のことを知ったのだが、ロイスリーネがうーちゃんの正体に気づいたことは、未《いま》だにジークハルトには内緒《ないしょ》にしている。

――だって私がうーちゃんの正体を知っていると分かったら、陛下は私のところに来てくれなくなってしまうもの。カーティスやエイベルが言うには、うさぎに変化してしまうことを陛下は絶対私に知られたくないみたいだし。

ロイスリーネとしては、最愛のうさぎが最愛の夫だったと知っても、ちょっと恥《は》ずかしかったかな、と思うくらいで気にしていない。むしろ夫だからこそ遠慮《えんりょ》なくモフれると狂喜《きょうき》したくらいだ。

――夫婦間《ふうふかん》の相違《そうい》というやつかしら。モフモフの夫なんて素晴《すば》らしいと思うのだけれど。と、ちょっと普通とは感覚の違う（黒うさぎ談）ロイスリーネは本気で思っている。

――でも、夜の神の呪いはもう消えているはずなのに、どうして陛下はいつまでもうーちゃんの姿になってしまうのかしら？　いえ、うーちゃんに会えるのは私としては嬉《うれ》しいことなんだけど……。

魔法使《まほうつか》いの長であるライナスの見立てでは、長い間うさぎに変化してきたことで、ジークハルトの身体《からだ》はすっかりその状態に慣れてしまっているのだとか。そのせいで、呪いがなくなった今でも条件反射のように反応してしまい、夜になると自動的にうさぎに変わってしまうらしい。

——でも、その反応もしばらくするとなくなるだろうと言っていたのに、今もまだ続いているのよね。不思議だわ。

「ジークハルトなら、うさぎの状態で宰相《さいしょう》と仕事の話をしてるぞ。そろそろ終わるみたいだから、そのうちやってくるだろう」

クッションの上でぺたんと寝そべりながら言ったのは黒うさぎだ。

「別に来なくていいのにさ」

金色の羊が目を閉じたまま口を挟《はさ》む。こちらもクッションの上に箱座りの状態だ。

ロイスリーネは二匹《ひき》に目をやり、微笑《ほほえ》んだ。

二匹はロイスリーネのベッドの脚のそれぞれ左端《ひだりはし》と右端《みぎはし》にクッションを置いて陣取《じんど》っている。ベッドは広いので、適度に距離《きょり》がある状態だ。

基本的に黒うさぎと金色の羊は馴《な》れ合《あ》うことなく、一定の距離を保っている。距離が近くなるのは、黒うさぎが一方的に金色の羊を蹴《け》っている時くらいだ。

——神話では古い神々の関係性なんてほとんど出てこないから確証はないけれど、たぶん、元の日の神様と夜の神様……ううん、金の竜《りゅう》と黒い竜の時から、そういうつかず離れずの仲だったんだろうなぁ。

そんなことを考えながら、ロイスリーネはふと昼間に聞いたロレインの話を思い出していた。

——私の『還元《かんげん》』のギフトはもともとくろちゃん……黒い竜が持っていた神様の権能の一部よね。それが人間《リリス》を誕生させた時に彼女の身体に宿り、めぐりめぐってリリスの子孫である私に顕現《けんげん》した。確かそうだったわよね。

六百年前の『女神《めがみ》の寵愛』のギフトを持っていたローレンも『還元』のギフトを持っていて、その二つのギフトがセットであるということは、母ローゼリアやロレインからも聞いている。

——だったら、この『神々の寵愛』のギフトもくろちゃん関係だったりするのかな？

「ねぇ、くろちゃん、ひーちゃん。私の二つ目のギフトである『神々の寵愛』って何なのか、二人は知っている？」

寝そべっていた黒うさぎがむくりと頭を上げた。

「……知ってはいるが、我々には関係のないものだな」

「そうだね。君のソレはファミリアたち眷族神《けんぞくしん》が与えたものだ。創造神由来のものじゃない」

そう答えたのは箱座りのままの金色の羊だ。

「だけど、まぁ、君のソレがなんのために付けられたものかは知っているよ。どういう効能があるのかも。でも――」

「すまんな、ロイスリーネ。我らの口からは答えられない。それをそなたに説明するのはファミリアたちの役目だ」

黒うさぎの緑色の目が申し訳なさそうに伏《ふ》せられる。

「それに、まだ言うべき時ではない」

「そうだね。時が来ていない。だけどすぐだよ。その時には『女神の御使い《ファミリア》』の口から君がソレを持って生まれた理由が語られるだろう」

ロイスリーネは二匹をかわるがわる見て、最後に確認するように尋ねた。

「時が来たら教えてもらえるのね？」

「ああ、もちろんだ」

「ならいいわ。その時まで待つから」

ロイスリーネが頷くと、金色の羊が器用にも片眉《かたまゆ》を上げた。

「あっさり引いたね。もっと教えろとゴネられるのかと思ったのに」

「もともと教えてもらえないだろうなと思いながらダメもとで質問したことだったから。

でも、ちょっと安心した」

　ふふっとロイスリーネは笑った。

「下手をすれば私が死ぬまで知らないままということもありえたもの。いつか時が来たら説明してくれるという確証がもらえただけでも御《おん》の字《じ》だわ」

「確かに僕らもファミリアたちも自分たちがやっていることをいちいち説明なんてしないからね。神なんてそういうものだよ」

「そうだな」

　——分かってはいたけれど、『神々の寵愛』の意味を知るのはまだ先のようね。

　そう思いながらロイスリーネは壁《かべ》に埋《う》め込まれた大きな鏡に視線を向ける。

　寝室にある大きな鏡は秘密の通路の出入り口だ。ロイスリーネも『緑葉亭《りょくようてい》』に出勤する時に使っているし、うさぎも毎晩秘密の通路を通って出入りしている。

「うーちゃん、まだかしらね。はぁ、早くうーちゃんをモフりたい。お腹《なか》に顔を埋《うず》めてうーちゃんを吸いたい。ついでに顔をぐりぐりさせて腹毛を堪能《たんのう》したいわ」

　モフモフの毛触《けざわ》りを思い出して欲望だだ漏《も》れの言葉を口にすると、黒うさぎと金色の羊がなんとも言えない表情になった。

「こういうの変態って——」

「こら、金の。そうはっきり言うでない」

「だけどさ、黒の。『還元』を使い自分の夫をうさぎにして毎晩撫《な》でまわしている人間のことをどう表現すればいいのさ」

「そ、それは…………」

──んんん？

鏡を窺《うかが》っていたロイスリーネは聞き捨てならない台詞《せりふ》を聞いた気がして、二匹を振《ふ》り返った。

「ちょっとひーちゃん……今なんて言ったの？」

「変態って言った」

「誰が変態か。……じゃなくて、その後！　『還元』を使い自分の夫をうさぎにしてって言わなかった⁉」

──もしかして、それってもしかしてっ……！

その可能性を考えてロイスリーネは青ざめる。

──いいえ、でもまだ聞き間違いという可能性もっっ！

金色の羊はロイスリーネの様子を見て事の次第《しだい》を悟《さと》ったらしい。どこか呆《あき》れたような、けれどほんの少し笑いを滲《にじ》ませた声で言った。

「あれ、気づいてなかったんだ？　黒竜が封印《ふういん》された後もジークハルト王が毎晩うさぎになっていたのは、確かに最初は黒うさぎに過敏《かびん》に反応していたせい。でも今は違うよ。君が無意識に『還元』の力を使ってうさぎに変化させているんだ」

「ひぃぃぃ、やっぱり聞き間違いじゃなかった！！！」

なんということだろう。ジークハルトが毎晩うさぎに変化してしまうのは本人のせいでも黒うさぎが影響しているわけでもない。ロイスリーネのせいだったのだ！

私が、私が真犯人でした――――!!

ロイスリーネはベッドに後ろ向きに倒《たお》れ込み、顔を覆《おお》って「ううう」と唸《うな》った。

「きっと心の奥底ではジークハルト王にうさぎのままでいて欲しいという願望があったんだろうね。その願望に『還元』が反応したんだ。あれは願いに反応する力だからね」

「うううう、まったく否定できません！」

何しろロイスリーネはうさぎを溺愛《できあい》している。「うーちゃん」が本当はジークハルトだったと知っても、その愛は変わらなかった。むしろモフり倒せるうさぎだったことを感謝したくらいだ。

確かにジークハルトのことは好きだし愛しているが、うさぎの姿を失いたくないと思っているのもまた事実。そう、ロイスリーネは自分を分かっている。

――そりゃ私だもの。無意識に願うわ！　だってうーちゃんを失いたくない！　毎晩愛《め》でたい！　モフりたいんだもの！

このロイスリーネのうさぎ愛が、ジークハルトが人間に戻るのを阻止《そし》していたのだろう。

「……お話し中失礼します。つまりリーネ様がうさぎさんを失いたくないと思っているから、いつまで経っても陛下は夜に人間に戻れないということですね」

黙って控えていたエマが口を挟む。黒うさぎは頷いた。

「そうだ。ロイスリーネが『毎晩ジークハルトがうさぎになる』ことを望む限り、ジークハルトは元には戻らない」

うんうん、と金色の羊も頷く。

「『還元』は制御《せいぎょ》が難しいからねー。勝手に『願い』に反応することがあるし、反動で無《む》慈悲《じひ》に破壊《はかい》をもたらすこともある。まぁ、人間には余る力だ」

「あああああああ！」

罪悪感が押し寄せてきてロイスリーネはベッドの上で悶《もだ》えた。

——あああ、陛下ごめんなさい、私のせいでした！

「分かりました。……リーネ様。このままでいいなんて思っていませんよね？」

エマが厳しい口調になった。これはエマが説教する時の声音《こわね》だ。

「うさぎさんを失う覚悟《かくご》を決めてください、リーネ様。『還元』が制御できない以上、それしか方法はありません」

「ううう」

「いつまで経っても陛下がうさぎだと、困るのはリーネ様ですよ。夫婦関係がない『お飾《かざ》り王妃』のままだと、そのうち陛下の後継《こうけい》問題が出てきます。陛下とこの先も夫婦でいたいのでしょう？」

「……いたい。ずっと陛下の傍《そば》にいたい」

顔を覆ったままロイスリーネは答える。

「ならば、陛下とちゃんと閨《ねや》を共にできるように、うさぎ姿のままを願うことが、どれほど罪深いことか分かりますね？」

「……別に夜じゃなくても昼間交尾《こうび》をすれば――」

金色の羊のツッコミという独り言を止めたのは黒うさぎの蹴りだった。

「交尾言うな！　ジークハルトは紳士《しんし》なんだぞ！」

「紳士？　ヘタレの間違いじゃ……」

金と黒の創造神コンビの会話が途切《とぎ》れる。なぜならジークハルトが鏡のすぐ前まで来ていたからだ。

カタリと音が鏡の方から聞こえてきてロイスリーネはバッと起き上がった。

「うーちゃん！」

キィと小さな音を立てて鏡が開かれていく。できた隙間《すきま》から寝室に飛び込んできたのは青灰色《せいかいしょく》の小さなうさぎ。ジークハルトのもう一つの姿にして、ロイスリーネの最愛の「うーちゃん」だ。

ジークハルトは少し前まで寝室で交《か》わされていた会話など知るはずもなく、さらに自分がうさぎのままなのは妻のせいなどとは夢にも思わず、いつものように「キュ」と可愛《かわい》らしい声を上げながら走り寄った。

「うーちゃん、うーちゃん！」

ロイスリーネはポーンと跳《は》ねながら胸に飛び込んできたうさぎを抱《だ》きしめると、そのまま背中からベッドに押し倒した。

「…………キュ？」

「ごめんなさい、うーちゃん‼」

愛らしいうさぎの姿にますます罪悪感にかられて――けれど、モフりたい吸いたいという欲望にもかられたロイスリーネは、あらぬ行動に出た。

突然仰向《あおむ》けに押し倒され（？）唖然《あぜん》とするうさぎの腹毛にバッと顔を埋め、挙句ぐりぐりと顔を押しつけたのだ。

「ごめんなさい！　うーちゃん、ごめんなさい、本当、ごめん！」

ごめんなさいと言いながら顔を押しつけてうさぎを吸うロイスリーネ。

さすがの黒うさぎも若干《じゃっかん》引いていた。金色の羊など胡乱《うろん》な目をしてロイスリーネを見て呟いていたくらいだ。

「……やっぱり変態じゃないか」と。

ちなみにエマは気にすることなくいつものルーティーン、すなわち天蓋《てんがい》のカーテンを下ろしたり、ランプの灯《あか》りを消す作業に入っている。だてにロイスリーネと付き合いが長いわけではない。

「キュ……キュ……？」

あまりに突然の妻の不可解な行為《こうい》にしばし魂《たましい》を飛ばしていたジークハルトは、しばらくしてようやく我に返った。

自分の腹に顔を埋めて一心にスーハースーハーと息を吸っているロイスリーネに、諦《あきら》めたような視線を向ける。

「キュキュ……（またどこぞのうさぎに浮気《うわき》でもしたんだろうな）」

幸か不幸か、突然謝《あやま》り出すロイスリーネにジークハルトは慣れていた。過去に何度かペットショップのうさぎを愛でたり、タリス公爵令嬢《こうしゃくれいじょう》の飼いうさぎのフェムトを撫で回しては「浮気してごめんなさい――！」と勝手に自白してジークハルトを仰天《ぎょうてん》させていたのだ。

「ごめんなさい、でもうーちゃん、愛しているの！」

「キュ……（そ、そうか）」

どれほど他のうさぎに心を寄せようが、ロイスリーネの最愛のペットは自分であると自負している上に、無駄《むだ》に理解のあるジークハルトは遠い目をして思うのだった。

仕方ない、好きにさせよう、と。それが最善であると。

……自分をうさぎでいさせている真犯人が自分の妻であることをジークハルトが知るのは、もう少し後のことである。

第四章　お飾り王妃を守れ！

ロイスリーネが衝撃《しょうげき》の事実を知ってから三日後のこと。

「――というわけなの。私、一体どうしたらいいと思う？」

『緑葉亭《りょくようてい》』に集まったいつもの面々を前に、ロイスリーネは切々と訴《うった》えていた。

「どうやったら『還元《かんげん》』の祝福《ギフト》が勝手に陛下《へいか》をうーちゃんにしてしまうのを止められるのかしら。……いえ、本当は分かっているの。私がうーちゃんを諦《あきら》めればいいんだってことは。でもうーちゃんに会えなくなるなんて、寂《さび》しくて考えたくないの……！」

「………………」

リグイラをはじめ常連客――もとい『影《かげ》』たちは微妙《びみょう》な表情でロイスリーネを見ている。そんな中、やや呆《あき》れたように口を開いた者がいた。

「……王妃《おうひ》様。私たちは報告と情報交換《こうかん》をするために集まったのであって、王妃様の悩《なや》み相談を聞くために来ているわけではありませんからね？」

柔和《にゅうわ》な笑《え》みを浮《う》かべたまま言ったのは宰相《さいしょう》のカーティスだ。

「それは分かってるわ。でも集まったついでに皆《みな》の意見が聞きたいなって……」

ちなみにジークハルトはまだ到着《とうちゃく》していない。別の用事をすませてから『緑葉亭』に来ることになっている。

「意見と言っても、王妃様がうさぎの陛下に会い続けたいと思う限りどうしようもないですね」

カーティスはにべもなかった。

「私たちに言えるのは『うさぎ離《ばな》れして下さい』ってことだけです。そもそも陛下の夜の姿のことは優先事項《じこう》ではありません。なにしろ陛下は十二歳の時からずっと変化しているんです。今しばらくの間うさぎで居続けても何の問題もありませんよ」

「そ、それはそうかもしれないけれど……」

――陛下をうーちゃんに変化させている犯人の私が言うのもなんだけど、このままでいいわけがないわよね？

「今はそれどころではないんです。王妃様のギフトのことがファミリア大神殿《だいしんでん》のよろしくない連中に知られている可能性があります。彼らがどう出てくるか……最悪の事態も想定して動かないといけません」

「……ごもっともです……」

ロイスリーネとしてはそう答えるしかなかった。

——そうよね。これは私だけの問題……ううん、私が解決しなければならない問題だったわ。

どうしたらいいかなんて最初から決まっている。要するにロイスリーネがうさぎを諦めればいいのだ。

——うう、それができないから陛下は毎晩うーちゃんに変化するわけだけど！

内心頭を抱《かか》えていると、リグイラがロイスリーネの頭をポンポンと叩《たた》いた。

「宰相閣下《かっか》の言う通りだよ、リーネ。陛下のうさぎ姿のことは今すぐ解決しなきゃならないわけじゃない。今はこっちの問題に集中しな」

「はい……」

リグイラの口調は叱咤《しった》というより、激励《げきれい》してくれているようだった。ロイスリーネは両手で自分の頬《ほお》をパシンと叩くと背筋を伸《の》ばした。

「そうですね。今はこちらが最優先ですね」

「ああ、ちょうど陛下たちも到着したみたいですね。これで報告会が進められます」

カーティスの言葉にロイスリーネは店の玄関《げんかん》を振《ふ》り返《かえ》った。とほぼ同時に扉《とびら》が勢いよく開く。

「すまない。遅《おそ》くなった」

カインの姿をしたジークハルトだった。その後ろにいるのは、いつものローブはどこへ行ったのか、まるで文官《ぶんかん》のような恰好《かっこう》をした魔法使《まほうつか》いの長ライナスだ。

「お帰りなさい、カインさん、ライナス」

ロイスリーネはいそいそと立ち上がると、二人に水を用意して運んだ。

「お二人ともお疲《つか》れ様《さま》でした。水分補給してください」

「ありがとう、リーネ」

「ありがとうございます、王妃様」

二人の息が心なしか荒《あら》いのは、店に急いできてくれたからだろう。ロイスリーネの作ったほんのりレモンを入れた特製の水を飲みほし、一息ついているカインにカーティスが声をかけた。

「それで、陛下、首尾《しゅび》はどうでした？」

「ああ、やはり思った通りだった」

「そうでしたか。これで色々繋《つな》がりますね」

うんうんと確かめるように頷《うなず》くと、カーティスは目線でリグイラを促《うなが》した。リグイラは頷くと椅子《いす》から立ち上がる。

「さて、では報告会を始めるよ。まずはあたしらからだ。『鑑定《かんてい》の聖女』メルディアンテは、キルシュタイン国の王都にあるファミリア神殿にいるという話だったが、実はそこにはいないことが判明した」

「いつからいなかったんだ」

「『影』たちが調べたところ、もう一ヶ月以上戻《もど》っていないらしい」

眉《まゆ》をひそめながらカインが呟《つぶや》く。

「確かファミリア神殿では、聖女の所在は厳重に管理されているはずだ。聖女が無断で神殿を留守にしたとなると、大問題になりそうなものだが……」

カーティスが口を挟《はさ》む。

「つまり、一ヶ月以上もの間いなかったにもかかわらず、公的にはキルシュタイン国のファミリア神殿にいたということになっているわけですね。おそらく神官長あたりも共犯なのでしょう」

「そうだろうね。カーナディー元枢機卿《すうききょう》のもとで長年甘い汁《しる》を吸っていた連中だ。まったく、なんだって大神殿の特別監査室《かんさしつ》はあいつらを無罪放免《ほうめん》にしたのやら」

呆れたようにため息をついたのはリグイラだ。

「まぁ、あの当時、大神殿では教皇選やらクロイツ派によるニコラウス審問官《しんもんかん》と王太子《おうたいし》ルクリエースの洗脳やらで大変だったから、おそらくそこまで手が回らなかったんだろうね。実際、カーナディー元枢機卿が問われた罪は、教皇選における不正行為《こうい》が主だった。キルシュタイン教区に残っていた連中は教皇選の不正行為に直接かかわっていなかったから、連座することができなかった……というのが真相かねぇ」

「そのツケがこっちに回ってきたわけか……。リグイラ、メルディアンテは今どこにいるか、所在を掴《つか》めたか？」

「ああ。大神殿だね」

「大神殿……」

思わずロイスリーネは呟いていた。

「そう。大神殿だ。十日ほど前に突然《とつぜん》メルディアンテは教皇に召集《しょうしゅう》されて大神殿にいる、いことになっていた。不思議だねぇ」

「ふん、不思議でもなんでもねえよ。件《くだん》の女はその前からとっくに大神殿の——おそらくカーナディーー元枢機卿とやらのところに行っていた。それに辻褄《つじつま》を合わせただけだろ」

今まで黙《だま》って聞いていた料理人のキーツが突然口を挟んだ。これにはロイスリーネも『影』たちもびっくりだ。なぜならこれまでキーツは報告会に参加しても頷くくらいで、めったに声を出さなかったからだ。

——キーツさんが長文をしゃべってる⁉

リグイラがくっくっと笑った。

「珍《めずら》しくいっぱい話すじゃないか。ま、あんたの言う通りだろうね。メルディアンテの足取りを辿《たど》るのは面倒《めんどう》だったが、トルシア国の外交官に扮《ふん》してルベイラにやってきていたことは掴んだよ」

トルシア国というのはスフェンベルグの近隣《きんりん》諸国のうちの一つで、ファミリア神殿の区分では「キルシュタイン教区」に属している。

──なるほど。自分たちの教区の国なら多少無茶な要求ができるものね。きっとトルシア国に無理を言って外交官のひとりに加えさせたんだわ。

「トルシア国にとっては災難だが、外交官でもない者を偽《いつわ》ってルベイラに差し向けたとなれば、無罪放免にはできないな」

「そこはお任せください、陛下」

カーティスがにっこりと笑った。

「証拠《しょうこ》と抗議文《こうぎぶん》を叩きつけてやりますよ。ええ、そういうのは得意です。ふふ、ルベイラにとっては断交しても痛《いた》くも痒《かゆ》くもない国ですから。きっちり落とし前つけさせてもらいましょう」

表情は実に楽しげだが、カーティスの目はまったく笑っていなかった。

──終わったわね、トルシア国……。

心の中で手を合わせたロイスリーネだったが、すぐに頭を切《き》り替《か》えて皆の顔を見回した。

「今の話を整理すると、やはり『鑑定の聖女』メルディアンテは密《ひそ》かにトルシア国の外交官に扮してルベイラにやってきていたわけですよね？　でも私、トルシア国の外交官と謁《えっ》見《けん》した記憶《きおく》はないわ。たまたま本宮を移動中に見かけたということだったのかしら？」

「それには私がお答えしましょう」

発言したのはライナスだった。彼は懐《ふところ》からブローチのようなものを取り出して机に置く。

ブローチといっても、台座の中央に埋《う》められているのは宝石ではなく、ただの石のようだ。

「これは記録用に作られた試作品の魔道具《まどうぐ》です。その場の出来事を長時間録画し続ける機能があります。祝賀パーティーの直前に起きたクロイツ派襲撃《しゅうげき》事件の後、陛下の許可を得て本宮の一部に設置しておきました」

そこまで言うと、急にライナスは相好を崩《くず》した。

「今までは短時間しか録画できなかったのですが、長期間記録し続けられるように術式を改変したのです。ふっ、やはり私は天才ですね」

ライナスは魔法使いとして優秀《ゆうしゅう》なだけでなく、魔道具作りに関しても天才だ。彼の編み出した魔道具は様々なところで活用されている。

――確かにすごいし、性格も悪くないんだけど、唯一《ゆいいつ》の欠点がコレよね。天才を自称《じしょう》してしまうところと、魔道具のことになると話が長くなるところ！

「中央の石は魔石《ませき》でしてね。いかに効率よく魔石に蓄《たくわ》えた魔力《まりょく》を使うか。そこが術式の改変の肝《きも》でして――」

記録用の魔道具の製作秘話だの術式だのをペラペラと話し出すライナスを見ながら、ロイスリーネは苦笑《くしょう》する。見ればロイスリーネ以外もライナスに呆れたような視線を向けているのだが、本人はまったくもって気にする様子がない。

「はぁ、ライナス、それ以上話すと永遠に終わらなくなる。時間が惜《お》しいから進めるぞ」

さらに長くなりそうなライナスの話を打ち切ったのはカインだった。

「クロイツ派の襲撃の後、来客が連れてきた使用人たちの行動に怪《あや》しい点がないか確認《かくにん》する必要があると感じたんだ。だが、全員を監視《かんし》できるわけではないし、割《さ》ける人員も限られている。そこで、せめて記録を取っておけないかとライナスに記録用の魔道具を作るように頼《たの》んだんだ。必要に応じて確認もできるし、証拠にもなるからな」

今回、メルディアンテがトルシア国の外交官として潜《もぐ》り込んでいたと聞いて、ジークハルトは参考になるようなものが映っていないか確認させたのだという。

「すると出てきましたよ、コレが。《映せ《リフレクト》》」

ライナスはブローチを持ち上げ、おそらくは呪文《じゅもん》だと思われる言葉を呟く。するとブローチの魔石から一条の光が伸びて壁《かべ》に向かい、そこに何かの光景を映し出した。

「これは……」

映し出されていたのは、集まった人々。何人もの人間が、ある方角を興味津々《きょうみしんしん》の表情で見つめている。

――あれは、回廊《かいろう》……かしら？

おそらく本宮の一階にある一番大きな中庭の回廊だろう。

「この人物です。中庭を見ている群衆の一番後ろにいる、中年の女性。周囲にいる文官や女官《にょかん》、侍女《じじょ》たちとは違《ちが》う服を着ているでしょう？　この女性がトルシア国の外交官に扮した『鑑定の聖女』メルディアンテだと思われます」

「この人が……」

ライナスが指さしたのは、映し出された映像の上側にいる女性だった。女性は目立たないように群衆の後ろからそっと何かを覗《のぞ》きこんでいる。

ルベイラの王宮でハイウェストの服を着る者はいないので外国人だと一目で分かるものの、言われなければ存在にすら気づかないほど女性は群衆に埋没《まいぼつ》していた。おそらくルベイラではありきたりな褐色《かっしょく》の髪《かみ》に、地味な紺色《こんいろ》のワンピースだったからだろう。

「この画像をジョセフ神殿長にも確認してもらったところ、『鑑定の聖女』メルディアンテに間違《まちが》いないということだ」

カインとライナスが『緑葉亭』に来る前に寄った場所というのはファミリア神殿で、そこで彼らはジョセフ神殿長にこの映像を見てもらっていたのだ。

「やっぱりメルディアンテはルベイラに来ていたんですね……」

動かぬ証拠を目にしてロイスリーネは苦虫を噛《か》み潰《つぶ》したような顔になった。

――違法《いほう》な手を使って王宮に入り込んで、その上勝手に私を『鑑定』していたなんて。なんか腹が立つわぁ！

どうしてくれようと思いながら映像を睨《にら》んでいたロイスリーネは、あることに思い至ってライナスを見た。

「……ねぇ、ライナス。もしかして、この映像を撮《と》った日って……」

ロイスリーネにはこの画面に心当たりがあった。回廊に人が集まるような出来事など、そうめったに起こるわけもない。

ライナスは気の毒そうな表情をして頷いた。

「そうです。この映像は陛下と王妃様が中庭でデートを始めた日を記録したものです」

「ああ……やっぱり」

思わずロイスリーネは手で顔を覆《おお》ってしまった。

つまり人々が――メルディアンテが見ているのは、中庭で腕《うで》を組んで散策しているジークハルトとロイスリーネなのだ。

――よりによってこの日とか！

覚えがあるのも当然だ。ロイスリーネたちがはじめて中庭でデートをした時のことなのだから。『エリューチカ王女の方が王妃にふさわしい』などと言い出した新興貴族たちを牽制《けんせい》するためのパフォーマンスのつもりだったが、確かにこんなふうに大勢の人が中庭を

取り囲んで見物していたと記憶している。

そしてその大勢の見物人の前で、ちょっとした事件が起こった。

小隊長の一人が金色の羊の『強制力』によって操《あやつ》られて、ロイスリーネに襲《おそ》いかかろうとしたのだ。

彼を正気に戻すために、ロイスリーネは『還元』のギフトを使っている。

「もしかしたらメルディアンテはあの騒動《そうどう》を見て不審《ふしん》に思って『鑑定』したのかもしれない。……よりにもよってその場に『鑑定の聖女』がいるとは夢にも思わなかったな」

カインも額に手を当てた。

カーティスが何とも言いがたい表情で説明する。

「この日、王宮にはトルシア国の新しい外交官らが挨拶《あいさつ》に来ていたのです。彼らは予定より早く到着したそうで、外務府の職員の話によると、時間になるまで応接室で待機していたはずなんですが……」

どうやら彼らの目を盗んで外に出たようだ。メルディアンテと思われる女性が応接室を出ていく姿が、別の場所に設置してあった魔道具に記録されていた。

「外務府の担当職員曰《いわ》く、女性の外交官に『以前スフェンベルグに派遣《はけん》されておりエリューチカ王女とは面識がある。なので、彼女に挨拶がしたい。どうかお取り次ぎを』と申し出があったようです。生憎《あいにく》とその時間、王女は王宮におらず挨拶は叶《かな》わなかったようですが……」

「メルディアンテがエリューチカ王女に会いたがっていた……？」

これもまた予想外のことだったようで、カインは眉をひそめる。カーティスは「そのようです」と頷くと、思案顔で続けた。

「これは私の憶測《おくそく》にすぎませんが、もしかしたらメルディアンテは王妃様が目当てでルベイラに来たわけではなかったのかもしれません」

「本来はエリューチカ王女が目的だったと？」

「はい。あの当時、スフェンベルグは異変の真っ只中でした。魔石の鉱山を奪《うば》おうとする国々とそれを主導していた神殿の者たちは、やむなく計画を中断しなければならなかった。奴《やつ》らは原因を探《さぐ》ろうとしたのでしょうね。そしてスフェンベルグの異変がエリューチカ王女を起点としていることに気づいた。我々は真っ先にクロイツ派の関与《かんよ》を疑ったわけですが、カーナディー元枢機卿たちはエリューチカ王女が自分たちの計画に気づいて事を起こしたのではないかと疑ったのでしょう。まぁ、当然の流れですね」

ロイスリーネはハッとなって手を挙げた。

「あ、もしかして、『鑑定の聖女』であるメルディアンテ本人がわざわざ他国の外交官になりすましてまでルベイラに来たのは、エリューチカ王女にギフトがあって、その力で自分たちの邪魔《じゃま》をしていると思ったから？　それを確認するために来たってこと？」

それならば、メルディアンテと思われる女性が「エリューチカ王女に挨拶がしたい」と申し出たことの説明がつく。

「あくまで推測でしかありませんがね。トルシア国の外交官と謁見が予定されていたのは、陛下だけでした。王妃様と顔を合わせる予定がないことも、当然外交官たちは知っていたはずです。なので、もし最初から王妃様が目当てだったのなら、『挨拶したい』相手は当然王妃様となります。でもメルディアンテが会いたがったのは、王妃様ではなくエリューチカ王女でした」

「ということは、だ。メルディアンテが応接室を出たのも、偶然《ぐうぜん》を装《よそお》ってエリューチカ王女のギフトを視《み》ることができるかもしれないと思ってのことだったのかもしれないな。『鑑定』は挨拶などしなくても、視るだけで行えるのだから」

「そういえばあの中庭も、本宮の賓客《ひんかく》用の玄関口から近いですものね。外出していたエリューチカ王女が本宮に帰ってくる姿を一目見ようとしていたのかも……。でも、玄関に行く前に中庭の騒《さわ》ぎに気づいて覗いたことで、私のギフトを知ってしまったと……？」

呻《うめ》くように呟くと、リグイラたちが気の毒そうにロイスリーネを見ていた。

「そういうことかもしれないね」

「偶然にしても私ってば、運が悪すぎない……？」

ロイスリーネは頭を抱えた。自分は比較的《ひかくてき》運がいい方だと思っていただけに、地味にシヨックだった。

　偶然か、それとも運命のいたずらか。予想もしなかったことでロイスリーネの秘密が露《ろ》見《けん》したのだ。

　……だがもちろん、偶然などではない。ジークハルトたちは知る由《よし》もなかったが、同時刻、ロイスリーネの寝室《しんしつ》では、黒うさぎが金色の羊に飛びかかっていた。

「偶然などであるものか！　貴様のせいだな！　余計なことを！」

　黒うさぎの緑色の目はロイスリーネの瞳《ひとみ》を模倣《もほう》したものだ。しかも実は繋がっていて、黒うさぎはロイスリーネが見たもの聞いたものを瞳を通して知ることができる。だから、魔道具の映像を通して、メルディアンテがあの日あの時間あの場所にいたことが金色の羊の仕業だと分かってしまった。

　金色の羊は黒うさぎに蹴《け》られてもケロッとして笑った。

「ちょいと偶然を装って導いたけど、これも必然のうちだ。遅かれ早かれあの娘《むすめ》のギフトは露見していた。僕はそれを少し早めただけだ。善意なんだよ？　眷族神《アルファオメガ》が生まれる前に障害は取り除いておいた方がいいじゃないか」

「何が善意だ。面白《おもしろ》がっているだけではないか！」

　……そんな会話がなされているなど露《つゆ》知らず、ロイスリーネはテーブルの上に顔を伏《ふ》せて嘆《なげ》いた。

「……これからどうなるのかしら。おば様にまで問い合わせが来たってことは、疑われているということよね？」

力にムラがあるというメルディアンテの『鑑定』はどのくらい信用されているのだろうか。できればロレインが言った「ロイスリーネにギフトはない」という証言を信じて放置してくれればいいのだが……。

そんなロイスリーネの期待はカーティスの言葉で潰《つい》える。

「疑ってはいるでしょうね。実はここに来る前に大神殿から『来月ファミリア大神殿で行われる祝祭に国王夫妻を招待したい。もし国王が無理なら王妃だけでも』という招待状が届きまして」

「え⁉」

ぎょっとして顔を上げると、カーティスが安心させるかのように微笑《ほほえ》んだ。

「王妃様のギフトが本当かどうか直《じか》に確認したいのでしょうね。でもご安心を。陛下も王妃様も長期間国を離《はな》れることはできないので、陛下の名代として外務大臣が出席すると返すよう指示しました。それで角は立たないでしょう」

「そ、そうよね」

「幸い、向こうは私たちが『鑑定の聖女』メルディアンテに気づいたことを知りません。今のうちにやれるだけの対策は立てておきましょう。王妃様も油断しないでください。ギフトの有無についてはまだ半信半疑でしょうけど、いつ直接確かめようと強硬《きょうこう》手段に出てくるか分かりませんので」

「分かったわ」

神妙《しんみょう》な面持《おもも》ちでロイスリーネは頷いた。

「女将《おかみ》。ロイスリーネにつける『影』の数を増やしてくれ」

カインがリグイラに言う。

「向こうにいらぬ警戒心《けいかいしん》を与《あた》えないためには、目に見える護衛兵を増やすわけにはいかないからな」

「分かった。任せな」

「あと、ロイスリーネの王宮外の公務だが、安全のために当面取りやめた方がいいかもしれない」

その言葉にロイスリーネは慌《あわ》てて口を挟んだ。

「え、だめですよ。せっかくクロイツ派の脅威《きょうい》がなくなって公に外に出られるようになったのに！」

今までロイスリーネは王宮内での公務しかしてこなかった。クロイツ派に命を狙《ねら》われていたからだ。そのクロイツ派も教祖のプサイ他、主立った幹部が消滅《しょうめつ》したことで、ロイスリーネが狙われることもなくなった。

──少しずつ王宮外の公務も増やしていこうとなった矢先なのに！　ここで中止にされたらいつまた再開できるか分からないじゃない！

「それに、相手に警戒されないよう普通《ふつう》にしていた方がいいのでしょう？　だったら予定されていた公務も行うべきだと思う」

手始めの公務として、再来週養護施設《しせつ》の慰問《いもん》が予定されているのだ。大切な侍女のエマが養護施設出身ということもあって、これだけはどうしてもやり遂《と》げたいとロイスリーネは思っている。

──エマが言うには、偉《えら》い身分の人が来るときは、子どもたちをよく見せるために新しい服が配られたり、食事の内容が豪華になったりするらしいじゃない？　中止にして子どもたちの楽しみを奪いたくはないわ。たとえそれが一時のことであっても。

そんなロイスリーネの思いを知ってか知らずか、カインはしばし悩んでいたようだが承諾《しょうだく》した。

「分かった。中止にはしない。王妃の初の慰問ということで、警備の数が増えたとしても違和感《いわかん》はないだろうからな。だがくれぐれも気をつけてくれ、ロイスリーネ」

「はい、もちろんです！」

養護施設の慰問が中止にならないと聞いてロイスリーネは笑みを浮かべる。

正直に言えば、ロイスリーネは自分の身に危険があるとはあまり思っていなかった。自分のギフトが知られたことも、大したことではないと軽く考えていたのだ。

……油断があったことは否《いな》めないだろう。

さて、ロイスリーネ本人に危機感がなくとも、カイン……いや、ジークハルトとカーティスはそうではなかった。

「カーティス。大神殿はどう出ると思う？」

『緑葉亭』からの帰り、とある人物との待ち合わせ場所に向かって歩きながら、ジークハルトが口を開く。

ちなみにロイスリーネはライナスと『影』たちが隠《かく》れ家《が》まで送ることになっている。できればジークハルトが送りかったのだが、少しでも情報が欲《ほ》しい今はこちらを優先すべきだろうとの判断だった。

「そうですね。メルディアンテより実績も信頼《しんらい》もあるロレイン様が、王妃様にギフトはないと断言しているのです。普通ならロレイン様の言葉を信じて、メルディアンテの方は戯言《たわごと》だと片付けるでしょう」

カーティスはそこまで言って苦笑を浮かべる。

「そう、これがファミリア大神殿でなければそれで終わっていたことでしょうね。ですが、『女神《めがみ》の寵愛《ちょうあい》』とほぼ同様だと思われるギフトの持ち主がいると聞いて、ファミリア大神殿が簡単に引き下がるわけがありません。彼らには動かざるを得ない理由があるのです」

「動かざるを得ない理由？　意味深な言葉だな」

「叔父上《おじうえ》……ジョセフ神殿長から以前聞いたことがあるのですよ。六百年前、『女神の寵愛』のギフト持ちだった女性が命を絶った後の騒動の話を」

伝承では、『女神の寵愛』のギフトを持つローレンは、自分のせいで争いが起こって大勢の命が失われたことを嘆き、自ら命を絶った。彼女が失われたことで、争っていた国や神殿は反省し、話し合いの末に今後は宗教が政治や国政に関わることを禁じ、ギフト持ちの女性の意思を無視して神殿に勧誘してはならないというルールを作った。次にもし同じように『女神の寵愛』のギフト持ちが現れても、同じ過《あやま》ちを繰《く》り返すことがないようにと。

「ですが、真実は伝承と少し違っていました。そもそも、ローレンを強国から奪おうとして戦乱を拡大させていたのはファミリア大神殿だけ。他の神々を祀《まつ》る神殿は、途中《とちゅう》で神託《しんたく》が下って手を引いていたのです。ですが、ファミリア大神殿には神託が下らず、止める者がいないまま暴走した結果、ローレンは自死。大戦が終わり、他の国々や神殿から非難を浴びたファミリア大神殿は、異端審問会《いたんしんもんかい》——つまり裁判を開き、たった一人の聖女にすべての責任を押し付けた。そう、最初にローレンを『女神の寵愛』のギフト持ちだと判断した『鑑定の聖女』に」

彼女は偽りの『鑑定』をしたと糾弾《きゅうだん》され、聖女としては異例の絞首刑《こうしゅけい》に処されたという。『鑑定の聖女』は最期《さいご》まで『女神の寵愛』のギフトがあるのは真実だと訴えていたが、ファミリア大神殿は保身のために彼女を犠牲《ぎせい》にした。

「『鑑定の聖女』に責任をなすりつけて非難の矛先《ほこさき》をうやむやにしたファミリア大神殿でしたが、次に問題となったのは神託が下らなかったという事実です。最初こそ自分たちに理があるから、女神ファミリアは何も言わなかったのだと嘯《うそぶ》いていた彼らでしたが、他の神々の神殿には下っていた神託が自分たちになかったことで、次第《しだい》に『女神ファミリアに見限られたから神託がなかった』と不安に思うようになりました。それからですよ、ファミリア大神殿が聖女の獲得《かくとく》に異様にこだわるようになったのは」

ジークハルトは呆れたようにため息をついた。

「なるほど。『女神に見限られたかもしれない』という不安を払拭《ふっしょく》するために、神々からの贈り物《ギフト》を持つ聖女たちを集めるようになったんだな。女神の意が自分たちにあることを示す必要があったから。ファミリア神殿内の昇進制度《しょうしんシステム》が聖女獲得に重きをおいたものになるわけだ」

聖女を多く勧誘《かんゆう》した者や、後見した聖女の活躍《かつやく》の度合いによって地位が上がるという制度はファミリア神殿独自のものだ。他の神々の神殿もギフト持ちの女性を勧誘はするものの、そこまで獲得にこだわることはないらしい。昇進の制度も違うし、巫女《みこ》と呼ばれる女性が神殿のトップについていることもある。

「今まで気にしたことはなかったが、よくよく考えてみればファミリア神殿だけ異常だな。それが六百年前の『女神の寵愛』のギフト持ちから始まったことを考えれば……」

「はい。ですから『神々の寵愛』のギフトを持つ王妃様を諦めることはないでしょう。『神々の寵愛』を持つ聖女を手に入れることができたら、女神に見限られたかもしれないという不安を払拭できるだけでなく、六百年前の雪辱《せつじょく》を果たすことができるのですから。もちろん、ジョセフ神殿長のように過去は過去のこととしてまったく気にしない聖職者たちが大半ではあります。けれど、ファミリア神殿の制度がある限り、真偽《しんぎ》にかかわらず『神々の寵愛』のギフト持ちを利用しようとする人間は必ず出てきます。カーナディー元枢機卿などその典型でしょう」

「そうだな。今は半信半疑でも、近いうちに必ずロイスリーネを手に入れようとしてくるだろうな。まったく、頭の痛い問題だ。……だが、これも最初から分かっていたことだ」

そう言いつつ、ジークハルトに臆《おく》する様子はない。

ロイスリーネの母親でもある『解呪《かいじゅ》の魔女《まじょ》』ローゼリアから『神々の寵愛』のギフトのことを聞かされて以来、ジークハルトたちはいつかこういう状況《じょうきょう》になると想定していた。

クロイツ派の目的がロイスリーネのもう一つのギフト『還元』にあるとは夢にも思って

いなかったため色々と後手に回ってしまったが、『神々の寵愛』のギフトにまつわることなら話は別だ。ジークハルトは七年かけて準備を進めてきたのだから。

「何はともあれ、今はロイスリーネの身を守るのが最優先だ。あとは……相手の出方次第だな」

「そうですね。最悪の事態を考えて、ローゼリア王妃が仲介《ちゅうかい》して下さったファミリア神殿以外の神殿の手を借りる手はずも整えてあります」

「そうか。その手は使わないですむならそれに越《こ》したことはないが……。ああ、あそこが待ち合わせの場所だ」

ジークハルトは大通りに面している広場の一角を指さす。そこはジョセフ神殿長から「君たちの協力者が待っているから会いに行ってほしい」と指示された場所だった。

「広場にある噴水《ふんすい》の正面から見て三時の方角にある靴屋《くつや》、となるとあそこしかありませんね」

靴屋の軒先《のきさき》に立ったジークハルトたちに、店の中にいた店員が声をかける。

「ようこそいらっしゃいました。お待ちしておりました」

エプロンをつけて、にこやかに話しかけてくるその店員は……。

「……ニコラウス審問官」

「元審問官です。今はディーザの助手に過ぎません」

うなじで括《くく》ったまっすぐな髪の色こそ黒に染まっているが、確かにその店員は以前審問官としてルベイラにやってきたこともあるニコラウスだった。

「お久しぶりでございます、ジークハルト陛下。アウローネ宰相閣下。私は三日ほど前にルベイラに到着しまして。今はジョセフ神殿長の紹介《しょうかい》でこの靴屋の臨時店員として住み込みで働かせてもらっています」

微笑みながらテキパキと言ったニコラウスだったが、店の周辺に防音の魔法《まほう》をかけると同時に笑みを消した。

「改めまして、このような場所に御足労《ごそくろう》いただき、ありがとうございます」

「まさか、あなたが来るとは思いませんでした。しかも、靴屋の店員として……」

ジークハルトが唖然《あぜん》としていると、ニコラウスはくすっと笑った。

「ファミリア神殿では敵に筒抜《つつぬ》けになってしまうかもしれないので、私が来ていることはジョセフ神殿長しか知りません。この店はジョセフ神殿長の友人が道楽でやっている店でして。店長が買い付けの旅に出ている間、店番をしてくれる人材を探していたそうで、紹介してもらったんです。いい隠《かく》れ蓑《みの》になってくれていますよ」

「先ほどディーザ審問官の助手をしていると仰いましたね。では、ルベイラにはディーザ審問官の命で？」

カーティスが尋《たず》ねると、ニコラウスは頷いた。

「はい。ディーザは監視されていて、思うように動けませんので私が代わりに」

「監視されている？　どういうことだ？」

「店の中へどうぞ。順を追ってお話しします」

二人はニコラウスに促され、店の中に入った。ニコラウスは店の扉の外に一時閉店の札をかけると、鍵《かぎ》をかけてジークハルトたちを振り返った。

「ディーザはキルシュタイン教区の調査を続けていました。カーナディー元枢機卿の関与を疑っていたので、少しでも繋がりが見つかれば、大神殿に居座《いすわ》っている奴を今度こそ拘《こう》束《そく》できると考えて。私も微力《びりょく》ながらその手伝いをしていました。けれど、つい二週間ほど前です。いきなり教皇によって調査の中止命令が出されたのです」

「教皇命令だって⁉」

ジークハルトとカーティスは思わず顔を見合わせた。

「はい。それでもディーザは中止命令を無視して調査を続けていたのですが、邪魔が入るようになりました。それだけでなく、監視されているようだと。ディーザだけでなく、特別監査室の審問官全員がです。誰《だれ》に連絡《れんらく》を取るのかつぶさに探られているようで、キルシュタイン教区の事件だけではなく、特別監査室で審議《しんぎ》中の全ての事件が思うように調査できなくなったそうです」

「大神殿ではそんな事態に陥《おちい》っていたのか……」

「残念ながら。カーナディー元枢機卿の差し金だと踏《ふ》んだディーザは、別行動をしている私ならば監視対象になってはいないのではと考え、ルベイラに行ってジョセフ神殿長や陛下たちの手助けをして欲しいと」

「すみません、ちょっと整理させてください、ニコラウス審問……いえ、ニコラウス殿《どの》」

カーティスがニコラウスの言葉を止めた。

「今教皇命令でと言いましたね。つまり、この件には教皇が関わっていると？」

「その通りです」

答えてからニコラウスはやるせなさそうに言った。

「閑職《かんしょく》に追いやられて大神官の地位も剝奪《はくだつ》されたカーナディー元枢機卿に、本来特別監査室に命令できるような力はありません。奴は『神々の寵愛』のギフト持ちの女性が現れたという『鑑定の聖女』メルディアンテの言葉を餌《えさ》に、教皇を抱き込《こ》んだのです。そして情けないことに教皇はまんまと唆《そそのか》されて、『神々の寵愛』のギフトを持つ女性を手に入れて自分の不名誉《ふめいよ》を払拭する、という考えにすっかり取りつかれてしまったのです」

はぁ、とニコラウスは大きなため息をついた。

クロイツ派の教祖プサイに洗脳され、大事な宝物を渡《わた》してしまったことから教皇の権威《けんい》は失墜《しっつい》し、早くも交代論が噴出《ふんしゅつ》していたそうだ。

焦《あせ》りからますます失策を重ねる教皇に、カーナディー元枢機卿が近づくようになった。

元々日和見《ひよりみ》で自分の意見などない教皇は、同情を示してくれるカーナディー元枢機卿をすっかり信じてしまい、側近たちの反対を押し切って自分の補佐に据《す》えてしまったのだという。

「はぁ？　教皇選で不正をし、もとより黒い噂《うわさ》の絶えなかったカーナディー元枢機卿を重用するようになっただと？　今の教皇はバカなのか？」

　思わず悪態をついたジークハルトだったが、目の前にいるニコラウスもまた神官だったことを思い出し謝った。

「すまない。ニコラウス殿。君の上官でもあったな」

「いえ。私も同じ気持ちですから。そもそも私の記憶がない時に教皇になった彼には、思い入れも忠誠心もありませんので。ディーザをはじめ、他の審問官たちも同じような気持ちでしょう。あまりにも今の教皇は頼《たよ》りなさすぎる」

　大神官や側近たちにすら見限られたことでますます孤立《こりつ》した教皇は、カーナディー元枢機卿への依存《いぞん》を深めていった。そんな中、メルディアンテによってもたらされた『神々の寵愛』のギフトを持つ存在。

　このまま教皇の座に留《とど》まるためには、どうしても手に入れなければならないと考えてもおかしくない。ロイスリーネにとってはいい迷惑《めいわく》だが。

「どうやら教皇は保身のために、どんな手段を用いても手に入れるつもりのようです。まったく、六百年前の悲劇を繰り返すつもりでしょうか。ただ昔と違うのは『神々の寵愛』のギフトを持つとされている女性が庶民《しょみん》ではなく、高貴な身分の御方《おかた》であるという点です。それで諦めればいいものを、ディーザからの連絡によると、どうやら教皇は特命聖騎士団《せいきしだん》を動かした模様です」

「特命聖騎士団？」

聞き慣れない単語に、ジークハルトは問いかける。

「それは何だ？」

「教皇直属の聖騎士団です。ですが特命聖騎士団は普通の騎士ではありません。教皇の命令で何でもやる連中です。間諜《かんちょう》や暗殺も」

「なるほど……」

ジークハルトにとっての『影』のような存在が教皇直属の「特命聖騎士団」らしい。

「特命聖騎士団の存在は一般《いっぱん》には知られておりません。知っているのは枢機卿や大神官の一部だけかと。私がそれを知っているのも、特別監査室の審問官として何度か接触《せっしょく》したことがあるからです。時には協力者として、時には敵や競争相手として」

神殿内の犯罪行為を取り締《し》まり、裁く特別監査室と特命聖騎士団は、時と場合によって協力関係にもなるが、たいていの場合は敵対している。なぜなら彼らは闇《やみ》に葬《ほうむ》り去《さ》るために存在する者たちで、審問官は犯罪を公《おおやけ》にして裁くのを目的としているからだ。

「奴らは目的のためには手段を選びません。ルベイラの王宮に忍《しの》び込んで王妃様を攫《さら》うくらいは平気でするでしょう」

「……ああ、どうやらそのようだ」

たった今、『心話《しんわ》』を通じてリグイラからの報告を受けたジークハルトは、深いため息をついた。

「王宮でロイスリーネの部屋に忍び込もうとしていた間者が捕《つか》まったそうだ。ただ、拘束されてすぐに仕込んでいた毒で自ら命を絶ったと。レーネの報告だと、相当な手練《てだ》れだったそうだ。たぶん、ニコラウス殿の言っていた特命聖騎士団だろうな」

「……もう動き始めているのですね、奴らは」

苦々しい表情で呟くと、ニコラウスは改めてジークハルトたちに向き直った。

「今後も特命聖騎士団は現れるでしょう。気をつけてください。ファミリア神殿にはあまり近づかない方がいいと思います。ジョセフ神殿長や聖女マイラ様たちは信頼できますが、あそこに所属している全員がジョセフ神殿長に忠誠を誓《ちか》っているわけではないでしょうから」

「分かった。気をつける」

「私はしばらくルベイラに滞在《たいざい》する予定です。またディーザから新しい情報が入ったら、お知らせしますね」

「ありがとうございます、ニコラウス殿。大神殿や『特命聖騎士団』の情報、とても助かりました。ところで『神々の寵愛』のギフトとやらのことですが――」

探るような口調になったカーティスに、ニコラウスは微笑んだ。

「ああ、あれはメルディアンテの早合点《はやがてん》でしょう。私もディーザも高貴な身分の御方がギフト持ちだ、などと思っておりませんから」

それはおそらく嘘《うそ》だろう。クロイツ派が執拗《しつよう》にロイスリーネを狙っていたことをディーザは知っている。何かあると感じてはいたに違いない。ニコラウスもだ。けれど、彼らがそれについて詮索《せんさく》したことはないし、大神殿に報告することもなかった。恩を感じているからだろう。

その誠意をジークハルトもカーティスも信じることにした。

「ありがとう、ニコラウス殿。これからもよろしく頼む」

「はい」

ジークハルトたちは靴屋を後にした。

「叔父上はディーザとも仲がいい。おそらく監視対象に入っているでしょう。これからは迂闊《うかつ》に接触しない方がお互《たが》いの為《ため》かと思います。連絡ならば『心話』でできますし」

王宮に向かって歩きながらカーティスが言う。

「そうだな。……しかしこうなると、さすがにロイスリーネの養護施設訪問は中止せざるを得ない。残念がるだろうな」

ロイスリーネががっかりするかと思うと心が痛むものの、身の安全には代えられない。

「仕方ありません。特命聖騎士団にとっては拉致《らち》する絶好の機会になってしまいますし。……ああ、そうですね、逆にこれを利用しない手はありません」

「カーティス？」

にっこりとカーティスは笑うと、ジークハルトにあることを提案したのだった。


その日の夜。いつものように寝室にやってきたうさぎにロイスリーネは盛大《せいだい》に愚痴《ぐち》った。頬ずりしながら。

「うーちゃん、聞いて！　養護施設の慰問が中止になってしまったの！」

うさぎのふっくらした頬の毛にスリスリと頬を擦《す》り寄せながらロイスリーネは嘆く。

「行きたかったのに。でも仕方ないわ。教皇の『特命聖騎士団』とやらが狙ってくるかもしれないのだから。私のことはきっと皆が守ってくれるだろうけれど、子どもたちに被害《ひがい》が出たら困るもの。……でも悔《くや》しいわ。教皇めぇ！」

思わず恨《うら》み節《ぶし》になってしまう。

そもそもロイスリーネはあまり今の教皇にいい印象を抱《いだ》いていない。プサイにあっさり騙《だま》されて大事な鍵を渡してしまったと聞いてから、どうにも腹が立って仕方ないのだ。

――ついこの間だって、クロイツ派の問題や夜の神の封印《ふういん》の件を、ファミリア大神殿抜《ぬ》きでルベイラで解決してしまったからってゴネまくっていたと聞いているわ。自分がしっかりしていないから悪いんじゃない！

こちらに言わせれば全部自業自得《じごうじとく》だ。

「それなのに『神々の寵愛』のギフトを持つかもしれない私を拉致しようだなんて、本当に腐《くさ》っているわ！　くっ、そのせいで初の王宮外の公務がなくなってしまうとか……ハゲろ、ハゲてしまえ！」

悪態をつくロイスリーネをベッドの端《はし》から見守る動物が二匹《ひき》。もちろん、黒うさぎと金色の羊だ。

「あの娘が言うと、本当にハゲそうだよね、今の教皇。ただでさえ頭皮が薄《うす》そうなのに。気の毒ぅー」

と言いながら金色の羊は笑っている。ちっとも気の毒だと思っていない様子だ。

「『還元』はロイスリーネの願いに反応するからな。だが髪の毛くらいですめばいいのではないか？」

黒うさぎも教皇の頭皮にまったく同情するつもりはないようだった。

「キュー（元気だせ、ロイスリーネ）」

「うーちゃん」ことジークハルトはロイスリーネを慰《なぐさ》めるように、彼女の顎《あご》をペロペロと舐《な》めた。中止すると言ったのはジークハルトなので、それなりに責任を感じているのだ。

「慰めてくれるのね、うーちゃんっ」

ロイスリーネは感激してうさぎをぎゅっと胸に抱きしめた。

「もう、うーちゃんてば、私をこんなに虜《とりこ》にして！　私、すっかりうーちゃん（のモフモフ）がいないとダメな身体《からだ》になってしまったじゃないの！」

──本当、うーちゃん断《だ》ちするにはどうしたらいいのかしら！　耐《た》えられる？　耐えられないわよね！

離宮《りきゅう》で出会って以来、ずっと夜になると傍《そば》について守ってくれていた「うーちゃん」。それが失われることを思うと胸が潰れそうになる。

──でも、このままでいいわけがない。いいかげんに陛下をうさぎの姿から解放しないと……解放……ううう、だめ、やっぱり失えない……！

うさぎを撫《な》で回し、キスの雨を降らせながらロイスリーネは内心ものすごく葛藤《かっとう》していた。

そんなこととは露知らず、うさぎ陛下ことジークハルトは甘えた声で鳴きながらロイスリーネにすり寄っている。

そのせいでますますロイスリーネを悶《もだ》えさせ、煩悶《はんもん》させていることにはまったく気づいていない。うさぎを前にするとロイスリーネの様子が変になるのはいつものことだからだ。

「まぁ、本人たちが幸せそうならいいんじゃない？」

「そうだな」

そんな二匹の会話をしり目に、ロイスリーネはモフモフを存分に堪能《たんのう》した。

「はぁ、今日もモフモフごちそう様でした。ありがとう、うーちゃん」

「キュ」

すっかり落ち着いたロイスリーネは、「うーちゃん」を膝《ひざ》に乗せて報告の続きを行った。

「それでね、うーちゃん。私は行けないけれど、子どもたちの楽しみを奪いたくないから、代役をリリーナ様に任せることにしたのよ」

リリーナというのはタリス公爵令嬢《こうしゃくれいじょう》で、ジークハルトの親戚《しんせき》だ。闊達《かったつ》な性格で、ロイスリーネは仲良くさせてもらっている。

実はリリーナは人気シリーズを抱えている作家という一面も持っている。ロイスリーネが好きな『ミス・アメリアの事件簿《じけんぼ》』シリーズもリリーナの作品だ。

——リリーナ様はいつもネタになるものを探して、様々なことに首を突《つ》っ込んでいるのよね。まぁ、そのおかげで私の代役も「面白そうですわ」と快く引き受けてくれたわけだけど。

「子どもたちに配ろうと思っていたお菓子《かし》も、リリーナ様に渡してもらうことになったわ。皆喜んでくれるといいのだけれど」

「きっと喜びますとも」

　そう言ったのは近くで控《ひか》えていた侍女のエマだ。ロイスリーネがうさぎに愚痴ったりモフったりしている間、エマはまったく気にする様子もなくいつものように寝支度《ねじたく》を整えていた。ジークハルト同様、うさぎ相手にロイスリーネがおかしくなることをエマもよく分かっているのだ。

「そろそろ寝る時間ですよ、リーネ様、うさぎさん、神様たち。灯《あか》りを消しますね」

「ええ。お願い」

　ロイスリーネは天蓋《てんがい》のカーテンが下ろされたベッドに横たわる。するとうさぎが待ってましたとばかりに枕元《まくらもと》で丸くなった。黒うさぎも金色の羊も、定位置である足元のクッションの上でスタンバイしている。

「お休みなさいませ、リーネ様」

「おやすみなさい、エマ。うーちゃん、くろちゃん、ひーちゃん」

　最後の灯りであるランプの火が吹き消《ふけ》されてエマが寝室を出て行くと、辺りは暗闇《くらやみ》に閉ざされる。

　うさぎの呼吸音を聞きながら、ロイスリーネは目を閉じた。

すぐに眠《ねむ》ってしまったロイスリーネは知らない。寝静《ねしず》まった本宮のどこかで今日もネズミ取りが行われていることを。

「あら、またネズミが迷《まよ》い込んでいるわ。リード、そっちは頼むわね」

「了解《りょうかい》した。レーネ、できるだけ生きたまま捕まえろとの陛下のお達しだ。油断するとすぐ自害するからな。動きを封《ふう》じたと同時に眠らせてしまうのが手っ取り早い」

「分かったわ。私の糸もさすがに口の中までは拘束できないもの。魔法を使うのが一番ね」

ロイスリーネは知る由もない。公務はリリーナではなく、きちんと王妃によって行われていたことを。

リリーナは王妃の代役として国営の養護施設の慰問に出かけたが、実はその時魔法でロイスリーネの姿に変化していたのだ。

囮《おとり》となって特命聖騎士団をおびき寄せるために。

「いいネタになりますわ！」

「王妃の微笑《びしょう》」を浮かべたロイスリーネ（リリーナ）が養護施設の子どもたちと触《ふ》れ合《あ》っている傍《かたわ》ら、『影』対『特命聖騎士団』の攻防《こうぼう》が見えないところで行われていた。

「襲ってくると分かってるんだから、それを迎《むか》え撃《う》つだけだよ。簡単な仕事だねぇ」

「向こうも『影』みたいなものだからな。相手がどう出てくるかなんて手に取るように分かるってもんだ」

「ああ。おおかた、派手な音を立てて護衛兵たちの注意を引いて、その隙《すき》にリーネを攫おうとしたんだろ。だけど脇《わき》が甘すぎる」

　暗殺や襲撃などは『特命聖騎士団』もお手の物だったろう。だが、同業者相手に戦うことには慣れていなかったようで『影』たちの敵にすらならなかった。

　結果、かなりの人数の『特命聖騎士団』を捕縛《ほばく》することができた。

　養護施設の子どもたちや職員に被害はなかった。それどころか彼らは近くで戦闘《せんとう》が行われていたことにも気づいていなかった。

　もちろん、囮となったリリーナ扮する「ロイスリーネ王妃」もかすり傷一つ負っていない。

「せっかくの機会だからとワクワクしていたのに……。誰一人として私のところにたどり着かないなんて。つまらないですわ」

とリリーナは不満そうだったが、何事もなく終えられたことは計画を立てたカーティスにとって上々の結果だっただろう。

生きたまま捕《と》らえた『特命聖騎士団』たちは、意識を刈《か》り取られたまま魔法使いたちが作った特殊《とくしゅ》な部屋へと運ばれた。そこは魔力が出せないばかりか、収容者を常に眠らせた状態にできる部屋で、彼らは大神殿に引き渡されるまでそこでとある魔道具の実験体として使われることになる。

「ふふふ。ちょうど精神に作用させて、悪夢や幸せな夢を任意に見せる魔道具の被験者《ひけんしゃ》が欲しかったんですよ。誰も試《ため》したがらなくて。いやぁ、いい実験体が手に入ってよかった！」

ライナスは愛用の瓶底《びんぞこ》メガネの奥に満面の笑みを浮かべて、実験室に通っているという。

……というような諸々《もろもろ》のことを後で知らされたロイスリーネは叫《さけ》ぶのだった。

「ちょっと、事後報告とかひどすぎません――？　あと、最後のライナスの実験体の報告、必要ないから！」

ルベイラから遠く離れたファミリア大神殿の一室で、報告を受けた教皇は愕然《がくぜん》としていた。

「全員？　ルベイラに差し向けた『特命聖騎士団』が全員やられただと？」

正確に言うのであれば連絡係が一人だけ残っていた。ただ、それは万が一作戦が失敗した時に、大神殿に報告するために残していた要員だった。

そして最後の一人となったその騎士が震《ふる》える声で連絡してきたのが全滅《ぜんめつ》の知らせ。

『王宮に差し向けた者も、養護施設に向かった者たちも、誰一人として帰還《きかん》しませんでした！　生死も不明です。け、計画は失敗です！　申し訳ありません……！』

「大国といえど一国の王妃を攫うなど簡単なはずだったのに……」

「ルベイラ国王は優秀な『影』を飼っているという話です。もしかしたら、『特命聖騎士団』はその『影』とやらに始末されたのかもしれません」

教皇の向かい側に座る初老の男が思案しながら言った。

「くっ、私の『特命聖騎士団』よりあの青二才の犬の方が優秀だったと……？」

「結果を見るとそうだと言うしかありませんね」

「くそっ！」

教皇は密かにロイスリーネを攫い、満を持して自分の権威を取り戻すはずだったのに。

「……まずい、まずいぞ。もしもロイスリーネ王妃を拐《かどわ》かそうとしたのが私だと世間に知れ渡ったら……」

おそらくすぐにも教皇の座を引き摺《ず》り下ろされることだろう。起こりえる未来に教皇の顔からはすっかり血の気が引いていた。

「大丈夫《だいじょうぶ》です、猊下《げいか》」

立ち上がり、部屋をうろうろし始めた教皇に、初老の男性が声をかける。こちらは教皇とは違い、報告を受けても取り乱すことなく落ち着いていた。

「何が大丈夫だと言うんだ、カーナディー神官！」

教皇は初老の男――カーナディー卿を睨みつける。

「そなたの甘言《かんげん》を信じたばかりに私は窮地《きゅうち》に立たされているんだぞ！」

「甘言とはひどい言い草ですな。私は猊下に有益な情報をお教えしただけで、『特命聖騎士団』を使ってロイスリーネ王妃を拉致しようと決めたのは猊下本人でしたのに」

「ぐっ……」

まったくもってその通りなので、教皇は反論できなかった。

……教皇は気づいていない。『特命聖騎士団』を使うと決めたことも、カーナディー卿に誘導《ゆうどう》された結果だったことに。

そんな教皇にカーナディー卿は笑顔《えがお》を向けた。

「大丈夫です、猊下。『特命聖騎士団』のことが公になったとしても、それを正当化する理由があればいいのです」

「正当化する理由？」

「はい。ルベイラ国が独占《どくせん》する世界の至宝を解放するためという名目があれば、猊下の行いが非難されることはないでしょう」

教皇はカーナディー卿が何を言いたいのか察して表情を曇《くも》らせる。

「だが、それは……最終手段だと……。それに公表してしまえば、大神殿や私が独占できなくなるのでは……」

「最終的に『神々の寵愛』のギフトを持つ聖女の身柄《みがら》を大神殿が確保できればいいのです。かのギフトは聖女の周囲に豊穣《ほうじょう》と幸運をもたらすものだそうですから。……そうであろう、メルディアンテ？」

カーナディー卿はすました表情で隣《となり》に座っているメルディアンテに声をかける。メルディアンテは内心でギクリとしながらも自信満々に答えた。

「はい。私が『鑑定』した『神々の寵愛』のギフトとはそういうものでした。聖女の周囲に豊穣と幸運、それに神々の加護をもたらしてくれるものです。ロイスリーネ王妃の身柄を手に入れさえすれば教皇猊下の天下です」

メルディアンテが『鑑定』できたのは、ギフトの有無《うむ》と名称《めいしょう》のみ。彼女は『神々の寵愛』にどんな力があるのか本当は知らない。だが自分が『鑑定の聖女』として再び高みに上るためには「分からない」と答えるわけにはいかなかったのだ。

だから、六百年前の『女神の寵愛』のギフトを持つ女性の言い伝えをもとに、勝手にでっち上げた。おそらく『神々の寵愛』はこんな力を持っているだろう、との憶測《おくそく》で。

六百年前の『鑑定の聖女』が同じように『女神の寵愛』の効果をでっち上げたことで、すべての責任を押しつけられて処刑《しょけい》されたことを、メルディアンテは知らない。誰も彼女に教えなかったのだ。『鑑定の聖女』であるが故《ゆえ》に。

「猊下。六百年前の再現といきましょう。そして今度こそ『神々の寵愛』のギフトを持つ聖女をわがファミリア大神殿が手に入れる」

優しく、それでいて焚《た》き付けるようにカーナディー卿が教皇に囁《ささや》く。

「六百年前の雪辱を、猊下が果たすのです」

「そ、そうだな。私こそが――」

意思薄弱な教皇はまたしても流され、自分の首を絞《し》めていくことになる。

そしてメルディアンテも、カーナディー卿も、自分たちが破滅《はめつ》の道に足を踏み入れたことを知る由もなかった。

三日後。

ファミリア大神殿より世界中に向けて「ルベイラ王妃ロイスリーネは『神々の寵愛』のギフト持ちである」と発表されたのだった。

第五章 『神々の寵愛』のギフトを巡る陰謀

教皇からの手紙を受け取ったジョセフ・アウローネ神殿長《しんでんちょう》は吐息《といき》を漏《も》らした。

「愚《おろ》かな……」

周囲に誰《だれ》もいない自室で呟《つぶや》いたにもかかわらず、応じる声がある。

「そうですね。本当に愚かなこと」

涼《すず》やかな声とともに、部屋中に光が溢《あふ》れる。……いや、実際に光が溢れたわけではなく、ジョセフの目にだけは見えていたのだ。溢れんばかりの神力を現す金色の光が。

光の中心には小さな人形があった。

ジョセフはすぐさまその場に片膝《かたひざ》をつき、最上級の礼を取る。

「お久しぶりです。太陽の化身《けしん》、麗《うるわ》しき女神《めがみ》の御方《おかた》」

「お久しぶりですね、ジョセフ神殿長」

人形は笑いを含《ふく》んだ声で応えると、ジョセフの目の前にふわりと舞《ま》い降《お》りた。同時に光が弱まったので、ジョセフの目にその姿がはっきりと見える。それは黒髪《くろかみ》の愛らしい人形だった。

普段《ふだん》はロイスリーネたちがジェシーと呼んでいる着せ替え人形で、ときおり『女神の御《み》使《つか》い』として、その身を自由に動かしているということをジョセフは知っている。

そして、『女神の御使い』が、彼が信奉している女神ファミリアその人だということも。

「教皇は誤まった選択《せんたく》をしたようですね」

淡々《たんたん》とした口調で『女神の御使い』が言う。思わずジョセフは謝った。

「申し訳ありません。止めることができませんでした」

「あなたのせいでないことは分かっています、ジョセフ神殿長。あの者はあなたに警告されていたにもかかわらず自分で選んだのです。破滅《はめつ》の道を。ならばその責任は己《おのれ》で果たすべきでしょう」

切り捨てる言葉に、ああ、本当にあの人は愚かな選択をしたのだな、とジョセフは思う。

わずかな罪悪感が芽生えると同時に、どこか諦《あきら》めの胸中になった。

――これも、私の選択の結果の一つか。ならば責任を果たさなければならないのは私も同じ。

「……どうやら、決心がついたようですね、うれしく思いますよ、ジョセフ神殿長」

打って変わって『女神の御使い』は優《やさ》しい口調になった。ジョセフは苦笑《くしょう》する。

「仕方ありません。……ファミリア神殿はまだまだ必要でしょう。世界にとってもあなた様にとっても。ならば建て直すしかありません。今がその絶好の機会なのでしょう？」

「その通りです。世界は今審判の刻《とき》を迎《むか》えています。あなた方は示さなければなりません。己の過《あやま》ちを認めて、自分たちで道を正すことができるということを。……でなければ世界は破滅に向かうだけ」

「分かっております。ファミリア大神殿《だいしんでん》は罪を犯《おか》した。現在《いま》だけではなく六百年前も千年前も。……それはファミリア神殿自身で正さねばならないことです。そのために、私が教皇になる必要があるというなら……」

「あなたでなくては正すことはできないでしょう。あなたは新しいファミリア神殿を作りなさい。今度こそ、選択を誤ることなく」

「はい。拝命いたしました」

頭を下げると、『女神の御使い』は満足そうに頷《うなず》いた。

「舞台《ぶたい》は整いつつあります。では、ジョセフ神殿長。今度は断罪の場で会いましょう」

そう言うと、『女神の御使い』は現れたときと同様、いきなり消《き》え失《う》せた。あれだけ部屋中を満たしていた光も消失する。

「……相変わらず唐突《とうとつ》な御方だ」

ジョセフは立ち上がると、部屋を見回した。一面の壁《かべ》には本棚《ほんだな》が備えつけてあり、ジョセフが各地で集めた本でぎっしりと埋《う》め尽《つ》くされている。

「気に入っていたんだが……この部屋とも遠くないうちに別れることになりそうだ」

アルローネ侯爵家《こうしゃくけ》の次男として生まれたジョセフは、生まれつき魔力《まりょく》が視《み》えるという特殊《とくしゅ》な力があった。だが魔法使《まほうつか》いとして大成できるほどではなく、ただ視えるだけの能力は何の役にも立たなかった。

せめて何かの役に立てばと本を読むようになって、ジョセフの世界は広がった。一番興味を抱《いだ》いたのは、ルベイラと神の関わりだ。

幸い、先代国王とは幼馴染《おさななじ》みという関係で王宮に自由に出入りできたこともあり、書庫に入《い》り浸《びた》っては神に関する本を読《よ》み漁《あさ》った。

そんなある日、ジョセフは古文書の中に知らない神の名を見つけた。その名は「ガイア」。大地の女神で、かつてはルベイラにもかの女神を祀《まつ》る神殿が存在していたらしい。

今現在、大地の神と呼ばれているのは女神ファミリアだ。けれど古文書の中で女神ファミリアは、大地ではなく太陽と生を司《つかさど》る神として書かれていた。

これは一体どういうことだろう。

興味を持ったジョセフは調べ始めたが、すぐに壁にぶち当たった。古い時代の史料がほとんど残っていなかったのだ。

ルベイラはかつて、内乱の折に初代ルベイラ王の系譜《けいふ》ではない者が王位についたことがあった。その時の混乱で古文書の多くが焼《や》き払《はら》われてしまったらしい。

古い時代のことを調べるためには、どうしたらいいか。考えに考えたジョセフが決断したのは、ファミリア神殿に神官として入ることだった。

貴族が神官になるなどと反対はされたが、元々政治向きではなかったこともあり、ジョセフは神に仕える道を選んだ。ファミリア神殿を選んだのは、古文書を読む以外にもそこで神の気配を感じたという動機があったからだ。

これまでにもルベイラにあるファミリア神殿や王宮で、ジョセフは時々神の力の名残《なごり》のような金色の光を感じることがあった。しかしそれらは弱々しくすぐに消えてしまうものだったので、ジョセフは地方の神殿ではなく総本山である大神殿に行けば、もっと強く神の気配を感じることができるのではないかと考えたのだ。

……だがその期待は、上級神官となり、大神殿に配属されてすぐに失望に変わった。

大神殿にはまったく神の気配がなかったのだ。これならよほどルベイラの王宮の方が神の息吹《いぶき》を感じられたほどだ。

失望したのはそれだけではない。入って分かったことだが、ファミリア神殿、およびそれを統括《とうかつ》する大神殿では、信仰《しんこう》とはまったく関係のない方法で上の位に行ける制度《システム》が出来上がっていたのだ。魔法《まほう》が使えたり、入信する前の世俗《せぞく》の身分がものを言ったり、あるいは有能な聖女の後見人になっていれば、人格や信仰心はどうであれ神官としての地位が上がっていく。

――神の気配がしないのも道理だ。大神殿はすっかり歪《ゆが》んでしまっている。地方のファミリア神殿にはまだまっとうな信仰が残っているが、統括する大神殿がこれではいずれ末《まっ》端《たん》も腐《くさ》り落ちてしまうことだろう。

なぜこうなってしまったのか。その原因を探《さぐ》れば、六百年前の出来事と大神殿の愚かな失策が出てきた。

ファミリア神殿にだけ下ることのなかった神託《しんたく》。当時の『鑑定《かんてい》の聖女』に対する異端審《いたんしん》問会《もんかい》と、その結果。

――ああ、もうどうしようもないな。

そう思ったが、ジョセフにはもう一つ、女神ファミリアが大地の神と呼ばれるようになった理由と、消えた女神「ガイア」の謎《なぞ》を追うという目的があったので、それを解明することだけに注力した。

出世など望んではいなかったのに、皮肉なことに権力に無頓着《むとんちゃく》な態度が高潔だと受け止められ、さらに人当たりのよさやルベイラの大貴族出身ということもあって、ジョセフは異例の早さで出世する。

責任も増えるし面倒《めんどう》だと思っていた昇進《しょうしん》を受け入れたのは、ひとえに上の位になればなるほど、ジョセフが追い求めている謎を解明するための手がかりを得る機会が増えたからだ。一般《いっぱん》の神官には手の出せない書物が、上位の身分なら閲覧《えつらん》できるようになる。そのためだけに昇進を受け入れた。

そうこうしているうちに時間は過ぎ去り、気づけばジョセフは枢機卿《すうききょう》となり、故郷であるルベイラ地区の神殿長に任命された。これでまた神の息吹を感じることができると、ジョセフは喜び勇んでルベイラに戻《もど》ってきた。大神殿とは距離《きょり》を置きたかったのでちょうど良くもあった。

一方、女神「ガイア」と、女神ファミリアが大地の神と呼ばれるようになった理由の調査は大きな壁にぶち当たっていた。どれほど調べても何も出てこなかったからだ。唯一《ゆいいつ》分かったのは、古い記録には改ざんの跡《あと》があり、故意に消されているか書《か》き換《か》えられていたことだ。

――もうファミリア大神殿でも調べられることはない。いっそ、別の神を祀る神殿に入信するしか……。

枢機卿の身分にまったく未練はないので、ジョセフが半ば本気でそんなことを考え始めていた頃《ころ》だ、『女神の御使い』を名乗る存在が彼の目の前に現れたのは。

『女神の御使い』は今のように人形の姿ではなく、最初は金色の猫《ねこ》だった。だが、その圧《あっ》倒的《とうてき》な神力は、一目見ただけで分かった。

これこそが『神』だと。

『教皇になるつもりはなくて？』

『女神の御使い』はまるでお茶に誘《さそ》うかのような軽い口調で言った。最初は何の冗談《じょうだん》かと思った。当時、前の教皇が選出されたばかりだったからだ。

『今ではないわ。でもそのうちきっと、教皇の椅子《いす》はあなたの前に置かれることになるでしょう』

ジョセフは教皇になどなるつもりはなかった。そんな立場になれば、身動きが取れなくなるだけだ。何より穢《けが》れた中に身を置き、「ファミリア神殿」のことのみを考えて生きていかなければならなくなる。そんなのはまっぴらご免だった。

『今は信じられなくてもいいのですよ。それより、私はあなたの知りたがっていることを知っています』

そう言って『女神の御使い』は、ジョセフに代々の教皇だけが知る隠匿《いんとく》された史料の存在を教えた。それらが封印《ふういん》されている場所も。

『興味があるならついていらっしゃい』

そうして不思議な金色の猫に導かれた場所に隠《かく》されていた古文書により、ジョセフは真実を知った。知ってしまった。

――なんということだ。女神に見放されてしまうのも無理はない。

そこにあったのは「大地の女神ガイア」の存在を、ファミリア大神殿が故意に消した証拠《しょうこ》の数々だった。それだけではない。女神ファミリアへの信仰が変質してしまった衝撃の事実を示すものまであった。

『私が静観していたのは、人間が過ちに気づき、自らの力でそれを是正《ぜせい》してもらいたかったからです。ですが、この千年もの間、人間はこれに応えることはありませんでした』

「申し訳ありません……」

首《こうべ》を垂れるしかなかった。代々の教皇はそれを知りながらも現状を変えることはおろか、己の栄華《えいが》を手放したくないがために真実を隠匿し続けたのだ。

『ジョセフ神殿長。あなたは正すことができますか？』

頷くことは難しかった。

『ふふ。戸惑《とまど》うのは当然のこと。しばし猶予《ゆうよ》はありますのでよく考えてください。……ただし、人間に正すことが不可能だと判断したら、私は世界のために、害悪にしかならないであろう「ファミリア神殿」を消します。教皇や大神殿だけではありません。大地の女神を祀る「ファミリア神殿」そのものの存在を否定します。……それがどういうことか、あなたには分かるはずですよ』

以降、何度も『女神の御使い』はジョセフの前に姿を現し、教皇になって過ちを正せと言ってきた。ジョセフとしては「世界のためには私が教皇となるより、ファミリア神殿が消えた方がいいのかもしれない」という思いもあり、決心がつかないまま、時だけが過ぎていった。

半年前に行われた新しい教皇選の時も、ジョセフは時期尚早《しょうそう》だと考えて候補を辞退した。

「けれど、カーナディー卿《きょう》のせいで悠長《ゆうちょう》にしてはいられなくなった……。この機会を逃《のが》したら今度こそ女神様は『ファミリア神殿』をこの世から消し去ってしまうだろう」

以前は消滅《しょうめつ》してもいいと思っていたが、カーナディー卿が大事な故郷《ルベイラ》や、先代国王《幼馴染み》が最後まで気にかけていたジークハルトとその奥方《おくがた》を巻き込むつもりであるならば、静観しているわけにはいかない。

腹を決めてしまえば、自分がやるべきことははっきりしていた。

「さて、教皇に返事を書かなければ。とびっきり煽《あお》るような文言がいいだろうね」

教皇と、彼を唆《そそのか》しているカーナディー卿は、六百年前の再現を狙《ねら》っている。大陸中の国を扇動《せんどう》し、ルベイラを攻撃《こうげき》させて滅《ほろ》ぼすか、もしくは自らロイスリーネ王妃《おうひ》を差し出すように仕向けるつもりで。

「だが、今は六百年前とは状況《じょうきょう》が違《ちが》う。カーティス《甥》の話だとすでに色々と対策は立てているようだしね」

おそらく教皇やカーナディー卿の思い通りにはならない。そうなった時に彼らはどう出てくるか――。

長年カーナディー卿から敵意を向けられ、何度も嫌《いや》がらせを受けたジョセフには、彼らが次にどんな手段を取るか予想することは容易だった。

——ならばそれを利用することにしよう。

「忙《いそが》しくなるね。マイラや神官長に話をしておかなければ。あと、ニコラウス君にも動いてもらわないといけないな」

これからの算段をつけながら、ジョセフは自分がワクワクし始めていることに気づいていた。

「想定している中でも最悪の事態になりましたね」

カーティスがため息をつく。むっつりと口を引き結んでいたジークハルトはしぶしぶと同意した。

「そうだな。……だが、そうなった際の準備もしてきた。そうだろう、カーティス？」

「そうですね」

「何とかなるって」

明るく言ってジークハルトとカーティスにお茶を差し出したのはエイベルだった。

「難しく考えないでいいんだよ。なるようになるって。そのための準備だったんだから」

「お前は気楽だな、エイベル」

言いながらお茶に口をつけたジークハルトは、知らず知らずのうちに入っていた肩《かた》の力を抜《ぬ》いた。

「ジークたちがピリピリしているから、せめて僕くらいは明るくしていないとね。僕がヘラヘラ笑うとエマがすごく冷たい目で見てくれるし、一石二鳥というやつ？」

ドSなくせにドMなところがあるエイベルのお気に入りは、ロイスリーネの侍女《じじょ》のエマだ。どちらの性癖《せいへき》にとっても琴線《きんせん》に触《ふ》れるらしく、四六時中彼女にちょっかいをかけている。

ちなみにエマの方はエイベルを変態だと思っていて、決して絆《ほだ》される様子がない。出会った時のままずっと塩対応を続けている。

それがかえってエイベルの嗜虐心《しぎゃくしん》に火をつける結果となっているので、エマにしたら災難でしかないだろう。エマが諦めるか根負けするか、もしくはエイベルが別のおもちゃ……いや、興味を引く女性を見つけるまでは、このまま続いていくような気がしているジークハルトだった。

「ほどほどにしておけよ、エイベル」

「もちろん、加減はしているって。エマも最近ピリピリしているからね。まぁ、こんな状況じゃ仕方ないけど。でも王妃様の侍女たちの反応を見ていると、たいして反発は起きてないみたいじゃないか」

「知らぬ存ぜぬを貫《つらぬ》いているからな」

ロイスリーネが『神々の寵愛《ちょうあい》』のギフト持ちだと大神殿が発表してから、問い合わせが殺到《さっとう》した。しかし、ロイスリーネ本人も、ジークハルトも「ギフトなんてない。何かの間違《まち》いだ」という態度で通している。

「王妃様の故郷のロウワンでも同じように『第二王女にギフトはない。今まで一度もそんな兆候《ちょうこう》はなかった』と発表していますからね。関係者が全員否定しているので、静観している国がほとんどです」

カーティスが書類を確認しながら口を挟《はさ》んだ。

「大神殿の宣言を真に受けて『稀有《けう》なギフト持ちを独占《どくせん》するなんて』と抗議《こうぎ》してくる国はありますが、そういうのはもともと我が国に悪意を抱《いだ》いていて、これを機に攻撃したいと考えているところばかりですよ。ルベイラは不当に王妃様を拘留《こうりゅう》しているわけではなく、正式な王妃として迎えていますから、非難を受ける謂《いわ》れはありませんね。無視するだけです」

「そういう国とは反対に、ルベイラを支持してくれる国も多いしね」

クロイツ派の事件で関わったことのあるコーレス国やターレス国、スフェンベルグなども、今回の発表を受けて宣言してくれている。

『我が国はルベイラを支持する。謁見《えっけん》した者の話だとロイスリーネ王妃にギフトの力は見受けられなかった。大神殿の発表はきっと何かの間違いだろう』と。

大神殿との関係から表立ってルベイラを庇《かば》うことはできないようだが、ニコラウスによると、神聖メイナース王国の王太子《おうたいし》ルクリエースも、神殿関係者に『鑑定結果で意見が分かれているのに、さも事実のように発表するのはいかがなものか』と抗議してくれているらしい。

「六百年前とは違って、ルベイラには味方がいっぱいいるってことだよ。ジークの努力が報《むく》われたね」

「そうだな。こんな事態が起こっても大丈夫《だいじょうぶ》なように協力国と関係を強固にしておいて正解だった。……まぁ、そんな結果が実る事態にならない方がよかったんだが」

「そうだね。……ところで、王妃様は大丈夫？　朝食の時も公務の時も何でもないように装《よそお》っているけれど、一番重圧を感じているのは王妃様だろう？　そこのところのケアはちゃんとできてるの、ジーク？」

「ロイスリーネは元気……というか怒《おこ》っているよ」

エイベルの問いにジークハルトは苦笑を浮《う》かべた。

「うさぎを撫《な》でまわしながら毎晩『教皇め、ハゲろ。ハゲてしまえ！』って悪態をついている。ロイスリーネの口から出たんじゃなければ、ただの可愛《かわい》い悪口なんだが……。どうも、大神殿にいる『影《かげ》』の話だと、実際目に見えて教皇の頭皮が寂《さび》しくなっているそうなんだ」

「え、それってもう呪《のろ》いのレベルでは？」

とたんにエイベルが気の毒そうな、けれどどこかワクワクしたような表情になった。

「教皇、頭皮だけですんで幸いだね！　王妃様が『教皇め、消えてしまえ』っていう悪態をついていたら、ヤバかったかもしれない。これも『還元《かんげん》』のギフトのせいかな」

「おそらくな……」

「僕、王妃様には逆らわないようにしようっと」

芝居《しばい》がかった様子で首を竦《すく》めるエイベルを、ジークハルトはじろりと睨《にら》んだ。

「頭皮のことは教皇の自業自得《じごうじとく》だ。それよりも、油断はするな。狙い通りにならなかった教皇たちがどんな手を使ってくるか分からないのだから」

カーティスが頷いた。

「そうですね。諸外国からの抗議はともかく、我が国の内部にも火種はありますからね」

「ルベイラの中に火種？　どういうこと、カーティス？」

「一部の貴族が『ファミリア大神殿に逆らわず、王妃様を手放し、陛下《へいか》には新しい王妃を』と言い出しているんです。おそらく自分の娘《むすめ》を王妃に据《す》えたい貴族でしょう。夜の神の呪いというハンデが消えた今、遠巻きにしていた貴族連中にとって王妃様を追い落とす絶好の機会だと考えたのでしょうね」

「チッ、迷惑《めいわく》な」

ジークハルトは眉《まゆ》を寄せながら舌打ちする。

「今はまだ一部の声でしかありませんが、大神殿の連中と結託《けったく》されるとやっかいです。早めに釘《くぎ》を刺《さ》した方がいいでしょう」

「わかった。そうする」

「それとはまた別に、ローゼリア王妃から提案があった例の件を進めようと思っています。うまくいけば、ファミリア神殿以外の神々を祀る神殿や、静観している国々をこちらの味方につけることができるでしょう」

カーティスはにっこり笑った。

「この勝負、ルベイラが勝たせてもらいますよ」

「え？　他の神殿の『鑑定の聖女』の『鑑定』を受ける？」

呼ばれてジークハルトの執務室《しつむしつ》に赴《おもむ》いたロイスリーネは目を丸くした。

「そうだ。君の母君であるローゼリア王妃から提案があった」

「お母様から？」

「ああ。ローゼリア王妃の知り合いに、火の神フラウド神殿に所属する『鑑定の聖女』がいるらしい。彼女と、水の神アクアローゼ神殿に所属する『鑑定の聖女』の二人に、他の神殿を代表して君のギフトの『鑑定』を行ってもらう。今のところファミリア大神殿以外の神殿は君のギフトに関して静観を続けている状態だが、この鑑定結果によって彼らをこちらの陣営《じんえい》に引き込むことができるだろう」

「ま、待ってください、陛下」

ロイスリーネは慌《あわ》てた。素敵《すてき》な提案だが、問題がある。いや、大ありだ！

「もし『鑑定の聖女』たちが『神々の寵愛』のギフトがあると断定してしまったら、ファミリア大神殿のように敵に回るってことになりませんか？　そんな危険を冒《おか》して大丈夫なんですか？」

ロレインの話によると、強い『鑑定』の力がなければロイスリーネのギフトは視《み》ることができないらしい。言い換えれば強い力があれば『鑑定』が可能なのだ。もし、火の神フラウドと水の神アクアローゼの神殿に所属する『鑑定の聖女』たちの力が強かったら……。

――ものすごく危険ではないかしら！

危惧《きぐ》するロイスリーネにジークハルトは言った。

「大丈夫だ。ローゼリア様の話によると、どちらの聖女も君のギフトが視えるほど強い力の持ち主ではないらしい。それに過去に一度火の神の神殿に所属する『鑑定の聖女』は君と会ったことがあるそうだ。だがギフトにまったく気づかなかったらしい」

ローゼリアの友人でもあった火の神フラウドの神殿にいる『鑑定の聖女』は、ロイスリーネがまだ幼児だった頃に一度ロウワンを訪《おとず》れている。その際、姉のリンダローネやロイスリーネとも顔を合わせたことがあった。

『鑑定の聖女』はリンダローネの『豊穣《ほうじょう》』のギフトはすぐに分かったものの、ロイスリーネには残念そうに『ロレインの見立て通り、ロイスリーネ王女にギフトはないみたいね。……でもギフト持ちではない方がきっと普通《ふつう》の王女として幸せになれると思うわ』と言ったという。

「水の神の神殿の『鑑定の聖女』は、火の神の神殿の聖女と同格の力らしい。おそらく君のギフトを視ることはできないだろう」

その言葉に勇気を得て、ロイスリーネは『鑑定の聖女』たちと面会することにした。

後日、ルベイラの王宮まで足を運んだ聖女たちを見て、ロイスリーネはどうして母親が「二人の力は同格だ」と言ったのか理解した。二人は双子《ふたご》で、服こそそれぞれの神殿のモチーフのローブを身に着けていたが、顔や背格好がそっくり同じだったのだ。

「驚《おどろ》いたかしら？　ふふ、よく聞かれるのよ。双子なのにどうして別々の神殿に所属しているのかって」

火の神殿の聖女が笑う。彼女は淡《あわ》い色の金髪《きんぱつ》をゆるりと括《くく》った妙齢《みょうれい》の女性だった。ロイスリーネが子どもの頃すでに聖女だったのだからそれなりの年齢《ねんれい》だろうに、二人とも実に若々しい。

「貴重な『鑑定』のギフト持ちを同じ神殿が独占するのはいかがなものかという意見が出てね。それで別々の神殿に所属することになったの。火と水の神はまったく正反対の性質を持っていながら親友同士だっていう逸話《いつわ》があるから、神殿同士も仲がいいのよ」

もともとファミリア神殿ほど多くの聖女を抱《かか》えていない他の神殿は、足りない部分をお互《たが》いの聖女を派遣《はけん》して補い合っているのだとか。だから別の神殿に所属しても顔を合わせる機会が多く、寂しくはないそうだ。

「前から思っていましたけど、みなさん仲がいいですよね……」

ロウワンでもそうだったが、ルベイラでも他の神殿の神官や司祭たちが頻繁《ひんぱん》に交流していたことをロイスリーネは知っている。

――だって『緑葉亭《りょくようてい》』にも時々雷神《らいじん》ライガード神殿の神官や大樹の神セフィロ神殿の司祭がやってきては仲良く一緒《いっしょ》のテーブルについているもの。

「そうね。ファミリア神殿以外のところとは、神殿ぐるみで親しくさせてもらっているわね」

以前は信者の獲得《かくとく》を競《きそ》ったり聖女をめぐっていがみ合ったりしたこともあったそうだが、

六百年前の大戦をきっかけに、神々を祀る神殿同士は互いに尊重し合い、助け合うようになったのだという。

「今回もファミリア大神殿の発表を受けて他の神殿が協議したのよ。で、静観して見守ることに決めたわけ。信憑性《しんぴょうせい》にも欠けていたことだし」

水の神の神殿の聖女が言えば、火の神の神殿の聖女も頷いた。

「だから安心して。今回騒《さわ》いでいるのはファミリア神殿の連中だけ。私たちはむしろルベイラを応援《おうえん》しているわ。ファミリア大神殿もそろそろ痛い目をみるべきよ」

大陸に建てられている神殿の数も信者の数も、圧倒的にファミリア神殿の方が多い。一強と言ってもいいだろう。そのため、ファミリア神殿の神官たちは他の神々の神殿を下に見ることもあるそうで、『鑑定の聖女』たちはそれが気に食わないようだった。

「あ、でも大きな顔をしているのは一部の者たちだけ。普通の神官や聖女たちはみんないい人たちよ。……メルディアンテなんて大きな顔をする最たるものだったわ」

水の神の神殿の聖女が不快そうに顔を歪めた。

「あの人は私たちを見下しているの。ロレインにはとうてい敵《かな》わないし、自分こそ『鑑定』にムラがあるくせにね。それに比べてロレインは性格もいいし、能力も高いし、少しも驕《おご》ったところがないわ。『鑑定の聖女』の鑑《かがみ》のような人よ」

「そのロレインの『鑑定』に異を唱えるなんてね。きっとメルディアンテは幻覚《げんかく》でも見たのでしょうよ。あんな人の言うことを信じるなんて、教皇の実力もたかが知れているわ」

双子はかなり鬱憤《うっぷん》をため込んでいたようで、話し出すと止まらなかった。ロイスリーネは口を挟む機会がないまま、ただただ向かいのソファに座って話す二人を見ていた。

――ファミリア神殿と親しく付き合いはあっても、他の神殿と交流する機会はあまりなかったわ。だから気づかなかったけれど、やっぱり色々あるのね……。これからは他の神殿の人たちとも交流を持つべきなのかもしれない。

火の神の神殿の聖女がふいに口元を押さえた。

「あら、ごめんなさいね。私たちだけで話をしてしまって」

「『鑑定』に呼ばれたのに。ついつい一緒にいるとこんなふうになってしまうの。ごめんなさいね」

「いいえ、聖女様同士のお話を聞く機会はあまりないので、なんだかとても新鮮《しんせん》に感じられました」

「たいした話はしていませんけれど、お耳汚《よご》しでなければよかったですわ。それで、肝心《かんじん》の鑑定結果ですが……王妃様にギフトはありませんね」

水の神の神殿の聖女はさらりと言った。どうやら話をしつつ、ロイスリーネの『鑑定』をすでに終えていたようだ。

火の神の神殿の聖女も同意するように頷く。

「前の鑑定結果と変わらないわ。ロイスリーネ王女……ではなくて王妃はギフト持ちではありません。私たちが保証しますし、この結果はすぐに各神殿にも知らされるでしょう」

「そ、そうですか。ですよね！　昔からないと言われていたのに、突然《とつぜん》ギフトがあるなんて言われておかしいと思っていました。きっと聖女メルディアンテの見間違《みまちが》いだったのでしょう」

ロイスリーネは内心ホッとしながら微笑《ほほえ》んで言った。ロイスリーネの隣《となり》でずっと黙《だま》ってやりとりを聞いていたジークハルトも頭を下げる。

「感謝いたします。お二方に遠いルベイラまで来ていただいた甲斐《かい》がありました。これで大神殿になんと言われようと突《つ》っぱねることができます。ありがとうございました」

「私たちこそ友人の娘の役に立ててよかったわ」

「まぁ、ロレインの『鑑定』に間違いはないのだから、私たちが視るまでもなかったけれど。ですが、久しぶりに姉妹《しまい》で旅ができて楽しかったですわ。私たちこそ感謝します。他に何か協力できることがあれば遠慮《えんりょ》なく仰《おっしゃ》ってくださいね」

「ありがとうございます。もしかしたら火の神の神殿や水の神の神殿の方々の手をお借りすることがあるかもしれません。その時はよろしくお願いします」

双子の『鑑定の聖女』たちはルベイラの王宮で一泊《いっぱく》し、それから各々《おのおの》の神殿の騎士《きし》たちに護衛されながら帰っていった。

「これで静観していた国々もルベイラを支持するようになるだろう。反対にファミリア大神殿を支持する国は減るはずだ」

ジークハルトは『鑑定の聖女』たちの鑑定結果を速《すみ》やかに各国や神殿に伝えるように手配しながら言った。

「これで私に『神々の寵愛』のギフトなんてないと諦めてくれますかね？」

ロイスリーネは不安そうにジークハルトに尋《たず》ねる。ジークハルトは首を横に振《ふ》った。

「世界中に発信してしまった以上、難しいだろうな。ファミリア大神殿の内部では教皇の資質を問う声が日増しに大きくなっているそうだから、これをきっかけに失脚《しっきゃく》してくれれば話は簡単なんだが……」

「そう簡単にはいかないでしょう」

カーティスが口を挟んだ。

「枢機卿や大神官クラスには、『神々の寵愛』のギフトを持つ聖女を得られるならばと教皇を支持する連中も多いらしいので。我々にできるのはこうやって各国の支持を集め、大神殿を追《お》い詰《つ》め、教皇の失脚を促《うなが》すことくらいです」

ため息をつきながらジークハルトがぼやく。

「まるで根競《こんくら》べだな。さっさとけりをつけたいんだが……。だが、今回はこちらが一手打った。あとは相手がどう出るかだな」

「あちらも思惑《おもわく》通りにならずにだいぶ焦《あせ》っているでしょう。引き続き用心を。王妃様も警《けい》戒《かい》を怠《おこた》らないようにして下さい。特命聖騎《せいき》士団《しだん》はもう送られてきてはいないようですが、どんな危険が起こるかわかりませんから」

「……分かったわ、気をつける」

ロイスリーネは頷きながら、密《ひそ》かに嘆息を漏らす。

――落ち込んでいる場合じゃないわよね。尽力《じんりょく》してくれている皆《みんな》のためにも頑張《がんば》らないと……。

自分では落ち込んでいることを隠し通せていると思っていたロイスリーネは、元気のない彼女を見てジークハルトとカーティスが視線を合わせて何事かを確認《かくにん》していることに気づかなかった。

「……あのね、うーちゃん。私、教皇のことをとても怒っていて、いますぐ頭皮の毛をむしり取りたいくらいなんだけど、同時にね、とても心苦しいのよ」

その日の夜、ロイスリーネはうさぎ相手に胸のうちを吐露《とろ》した。

「また私のせいで皆に迷惑をかけているでしょう？　今のところ私に直接被害《ひがい》はないけれ

ど、ルベイラや祖国のロウワンに向けて非難《ひなん》の声が出ていることも知ってるわ」

——それに、ルベイラの国益を考えて私を大神殿に引き渡《わた》し、新しく王妃を迎えた方がいいという声があることも……。

護衛や侍女たちを引き連れて移動している最中に、どこぞの貴族たちがわざとこちらに聞こえるように話をしていたのだ。

『ロイスリーネ王妃はルベイラに混乱しかもたらさないな。あの方が嫁《とつ》いでから事件ばかり起こるじゃないか』

『今度のファミリア大神殿のことだってそうだろう？　ギフトがあるとかないとかはよく分からないが、他国からは責められて、ルベイラにとっては貧乏神《びんぼうがみ》もいいところだ。いっそのこと大神殿に引き取ってもらって、陛下には新しい王妃を迎えてもらった方がいいんじゃないか？』

近くにいた女官長が目配せをして、兵士がすぐにその貴族たちのところへ足を運んでいったのでそれ以上耳に入ることはなかったが、ロイスリーネは傷ついていた。

けれど、周囲を心配させないようにするため、なんでもないふうを装い、必死に『王妃の微笑《びしょう》』を浮かべてやり過ごしたのだ。

——でもね、一番傷ついたのは、彼らの言うことがその通りだったからなのよ。

嫁いだその日からクロイツ派に命を狙われ始めて、身を守るためとはいえ半ば軟禁《なんきん》状態に置かれて公務もままならなくて。その後も婚約破棄《こんやくはき》騒動《そうどう》、クロイツ派の襲撃《しゅうげき》事件が続いて……それらの原因はほとんどロイスリーネにある。

――あの人たちが言うように、私が嫁いでからルベイラはトラブルに巻き込まれてばかりだわ。

「皆に申し訳なくてね。だから、いっそのこと私が諦めて大神殿に向かえばいいのかもしれないなんて――」

「キュー！（そんなことあるものか！）」

うさぎは甲高《かんだか》い声で鳴くと、必死にロイスリーネの胸にすがりついた。

「キュ、キュ、キュー！」

「うーちゃん……」

ロイスリーネにはうさぎの言葉は分からない。けれど、何を言っているのか分かる気がした。

――ふふ。きっと「迷惑だなんて思っていない！　申し訳ないなんて思う必要はないんだ！」って言っているんでしょうね。うーちゃん、いえ、陛下はとても優しいから。

「ありがとう、うーちゃん。大丈夫よ。確かに傷ついたし、弱音を吐《は》いてしまいたい時もあるけれど、大神殿になんて絶対に行かない。そんなことをしたら、せっかくの皆の努力を無にすることになるもの。それに、相手の思惑通りなんて、嫌だものね。だから私、負けないよ、うーちゃん」

言いながらロイスリーネはうさぎを抱き上げて耳と耳の間に唇《くちびる》を落とした。

「大好きよ、うーちゃん。新しい王妃なんて冗談じゃないわ。このモフモフは私のものよ……って、そうじゃなくて！　私、絶対陛下の傍《そば》を離《はな》れないから！」

うっかり自分がうさぎの正体を知っていることを口にしてしまうところだった。

幸いジークハルトはロイスリーネの言葉をいつものモフモフ愛だと思ったようで、キスのお返しとばかりに顎《あご》をペロペロと舐《な》めてくる。

――はふん、やっぱりうーちゃん可愛いわ！　世界一！

モフモフなうさぎの毛を撫でていると、憂《うれ》いも何もかもが吹《ふ》っ飛《と》ぶ思いだ。

――やっぱり私の癒《いや》しだわ、うーちゃんは。でもいつかは手放さなければならないのよね。……失うのはさびしいけれど、仕方のないこと。

「ありがとう、うーちゃん。元気が出たわ。そうよね、大神殿になんて連れていかれたら、うーちゃんに会えなくなってこのモフモフも堪能《たんのう》できなくなるじゃないの！」

ぐっと拳《こぶし》を握《にぎ》ってロイスリーネは自分を奮《ふる》い立たせた。

「絶対に大神殿になんか入らないからね！　見てて、うーちゃん、私負けない！　私を王妃の座から引《ひ》き摺《ず》り下ろそうとする輩《やから》にも！」

「モフモフがあればリーネ様は鋼《はがね》の精神《メンタル》なんでしたね。……心配して損をしました」

黙ってやりとりを眺《なが》めていたエマがポツリと呟く。

それを無視して最近恒例《こうれい》になった呪文《じゅもん》を唱え始めるロイスリーネ。

「私をうーちゃん、それに陛下から引き離すなんて許せない！　教皇め、ハゲろ、ハゲろ！　ついでにカーナディー元枢機卿と聖女メルディアンテや嫌味《いやみ》を言ってきた貴族もまとめてハゲてしまえーー！」

一方、うさぎのジークハルトは拳を振り回しているロイスリーネを見て安堵《あんど》の吐息をついていた。

「キュウ……（まぁ、何にせよ元気になってよかった）」

最近、妙《みょう》にロイスリーネが「王妃の微笑」を浮かべることが多くなったと思ったら、やはりよからぬことを彼女の耳に入れている輩がいたようだ。

女官長から報告を受けて、すぐにその貴族の素性《すじょう》は摑《つか》んでいる。

「キュウ（今のうちにさっさと片付けておくか）」

それがどれほど国に貢献《こうけん》している貴族であろうと、ジークハルトに容赦《ようしゃ》するつもりはなかった。愛《いと》しい妃《きさき》を悲しませる者は誰であろうと許さない。

「うっ、うーちゃん、なんて可愛らしいのっっ。好き好き！」

膝《ひざ》の上に座り、愛らしくきゅるんと見上げてくるうさぎ《ジークハルト》が、そんな物騒《ぶっそう》なことを考えているなどとは露《つゆ》知らず、ロイスリーネは悶《もだ》えまくるのだった。

ジークハルトの言う、片付けの意味が判明したのは翌日のことだ。

「王妃様、王妃様、ちょっといいものが見られるので来てくださーい」

公務を終えて自室に戻る途中《とちゅう》、ロイスリーネはエイベルに呼びとめられた。

「いいもの？」

「そうです。女官長、構いませんよね？」

エイベルは窺《うかが》うようにロイスリーネの横にいた女官長に尋ねた。あらかじめ話が通っていたのか、女官長はあっさりと了承《りょうしょう》する。

「仕方ありませんね。この後は公務もありませんし、構わないでしょう」

「ありがとうございます、女官長！　王妃様、こっちです、こっち」

「？？？」

よく分からないながらも、ロイスリーネはエイベルに導かれるままついていく。

ちなみにロイスリーネには常に移動中、必ず護衛騎士や侍女《じじょ》や女官たちがぞろぞろと付いて回るので、もちろん彼らも一緒だ。

エマなど胡乱《うろん》気《げ》にエイベルを見ている……というか「何を企《たくら》んでいるんだ、この男は」

とでも言いたげに睨みつけている。

ロイスリーネはエマほど警戒心はない。エイベルを信頼《しんらい》しているからだ。

――エイベルは陛下のためにならないことは絶対にしないものね。

しばらくエイベルに導かれるまま廊下《ろうか》を進んでいくうち、ロイスリーネは自分が謁見の間の方に向かっていることに気づいた。

――あら、謁見の予定なんてあったかしら？　陛下はあったかもしれないけれど、私の予定には入っていないわよね？

不思議に思いつつもついていくと、意外なことに謁見の間そのものに向かうのではなく、エイベルはロイスリーネを謁見の間が見通せる上の階のテラスに導いていく。

この小さな細長いテラスは、普段楽団が使用している場所だ。賓客《ひんかく》の目に直接楽団の姿が触れないようにするため、下の吹き抜けの謁見の間からは装飾《そうしょく》で見えないように工夫《くふう》されている。

つまり、ロイスリーネたちがいることは、謁見の間にいるジークハルトや、貴族たちからは分からないようになっているのだ。

――謁見の間にいるのは、陛下とカーティス、それに、十人余りの……ルベイラの貴族たち？　一体、どういう状況なの？

これほど複数の貴族と一度に謁見というのはあまり例がない。

それに、今来たばかりのロイスリーネには何を話しているのか分からなかったが、雰囲《ふんい》気《き》が妙にピリピリしていた。

その原因は明らかにジークハルトだ。

玉座に腰《こし》をかけたジークハルトはいつものように無表情だったが、明らかに腹を立てていた。ジークハルトから放たれる冷たい空気が、謁見の間に一様に跪《ひざまず》いている貴族たちに注がれている。

「ちょっと、エイベル。これは一体どういうことなの？」

こそこそと尋ねると、エイベルはにやりと笑った。

「王妃様を大神殿に引き渡して、陛下に新しい王妃を迎えるべきだと声高《こわだか》に言っていた貴族たちへのちょっとした意趣返《いしゅがえ》しでーす」

「は？」

「陛下としては許すまじき事態ですからね。今回あえてこうして一堂に集めたんです。おそらくこの前の、王妃様の耳に届くようにわざと陰口《かげぐち》を言っていた貴族もあそこに交ざっていると思いますよ？」

実に楽しそうにエイベルは笑った。

「連中、面と向かって陛下に物申す度胸もないから陰《かげ》でこそこそさえずっていたのに、カーティスに呼ばれていきなり陛下に謁見しろと言われて、ビビりまくっていましたよ。王妃様にも青ざめてガクガク震《ふる》える奴《やつ》らの姿を見せてやりたかったなぁ」

「……別にそんなの見たくないわよ……」

「えー、ビビり散らかしている姿、すっごく楽しいのにー。こう、ワクワクするよね」

「……変態」

ぽそっとエマが呟いた。ロイスリーネも大いに同意したいところだ。

謁見の間にジークハルトの冷たい声が響《ひび》き渡る。

「それで？　お前たちは大神殿の脅《おど》しに負けてロイスリーネを引き渡せというわけだな？　ファミリア大神殿にルベイラが膝を屈《くっ》しろと？」

「い、いいえ、とんでもございません！」

一番前にいた貴族が涙目《なみだめ》になって否定する。彼の後ろにいた貴族たちも必死になって言い募《つの》った。

「そ、そうです。我々はルベイラの利益のために……」

「だ、大神殿と反目しあうのはルベイラにとっていいことではありません、だから──」

「お前たちはバカなのか。それともルベイラを侮《あなど》っているのか？」

まるで氷の礫《つぶて》のような声が、青灰色《せいかいしょく》の視線が、玉座から貴族たちに注がれる。

「大神殿と国は対等の立場だ。たとえどんな小国でもな。六百年前の大戦の後、そういう取り決めになった。にもかかわらず奴らはルベイラに王妃を引き渡せと言ってきたのだぞ。

何の根拠《こんきょ》も証拠もないギフトを盾《たて》にな。これに屈すれば、この先ルベイラは大神殿の下に見られる。それがなぜ分からないのか」

「そ、それは……」

ジークハルトは貴族たちの反論を許さず、言葉を続けた。

「たとえロイスリーネに『神々の寵愛』などというギフトがあったとしても、渡すつもりはない。俺の王妃はロイスリーネただ一人だ」

――陛下……！

歓喜《かんき》が胸に溢れてきて、ロイスリーネは思わず手すりをぎゅっと握りしめていた。

「俺の隣に立つのはロイスリーネだけ。たとえ彼女が失われたとしても他の誰かを王妃に据えることはない。俺が王を降りるだけだ」

「⁉ 陛下、それは……！」

とたんに謁見の間がざわついた。無理もない。ロイスリーネを失えば王位を降りる。ジークハルトはそう宣言したのだ。

「王妃一人守れなくて何が一国の王だ。ロイスリーネがいなければ俺が王である必要はない」

――ああ、陛下！　ジーク！

涙《なみだ》が溢れてきてロイスリーネの頰《ほお》を濡《ぬ》らす。

「王妃様。ジークはさ」

エイベルが優しい口調で語りかけてきた。

「王妃様を守るために、ずっと準備してきたんだよ。今の事態――ギフトのことが露見《ろけん》した場合のことも想定して。諸外国に恩を売ってルベイラの味方を増やそうと考えて。同盟国や友好国ではない国にも、救いを求められたら手を差《さ》し伸《の》べてきた。重臣たちから『陛下は甘すぎる』と文句を言われてもね。クロイツ派を撲滅《ぼくめつ》するためにあちこちに『影』を派遣していたのも、少しでも王妃様への脅威《きょうい》になるものを取り除きたかったからだ。まぁ、他国に恩を売ることで関係が強化されるから、一石二鳥でもあったんだけど。それも全部万が一の場合を考えてのことだったんだよ。王妃様を手放さないですむようにするためにさ」

「……陛下……」

ロイスリーネの目からボタボタと涙が零《こぼ》れ落《お》ちていく。まるで涙腺《るいせん》が壊《こわ》れたかのようだった。

「だからさ、王妃様も周囲の雑音なんかに流されないで、ジークのことを信じてあげて欲しいんだ。ジークの今までの努力を、王妃様を失うくらいなら国王を降りるとまで言った彼の気持ちを、無駄《むだ》にしないで欲しいんだ」

「……うん……うん……っ」

ロイスリーネは手すりをぎゅっと摑み、声を出さずに泣きながら何度も何度も頷く。ロイスリーネに付き添《つ そ》っていた者たちは彼女の気持ちを慮《おもんぱか》って黙って見守っていた。

――私はこうやって、ずっと知らない間に陛下に守られて、大切にされていたんだわ。故郷のロウワンで口さがない者たちに「期待外れの姫《ひめ》」なんて言われて、陰でこっそり涙を零していた時も、何をやっても姉のリンダローネに敵わなくて、密かに落ち込んでいた時も、ずっとずっと。

――陛下、陛下。私はあなたに……あなたにどうやって……。

「どうやってあなたに報いたらいいの？　陛下……」

思わず呟いたロイスリーネに、エイベルは笑って答えた。

「簡単だよ、王妃様。ジークの傍にいてただ幸せそうに笑っているだけでいいんだ。それだけでジークは頑張れるんだから」

「っ、そうね。そうよね……」

ロイスリーネは手で涙をぬぐうと背筋を伸ばした。その緑色の目は、心に秘めた決意で煌《きら》めいている。

「私にできるのは、傍にいて、陛下を信じることだけよね」

「そうそう。落ち込んでいるのは王妃様らしくないからね。……あ、そろそろ終わりそう」

エイベルの言葉に見下ろすと、ジークハルトが恐《おそ》れおののき震えている貴族たちに、冷《れい》酷《こく》に告げているところだった。

「それほど私や国の意向よりも大神殿の意向とやらを重視するのなら、いっそのこと今の身分を捨てて入信すればいい。少なくともルベイラの貴族でいる必要などないな？」

その言葉の意味することは明白だ。これ以上戯言《たわごと》を漏らすのであれば、貴族の地位を、爵《しゃく》位《い》を剝奪《はくだつ》すると宣言したのだ。

貴族たちは青を通り越《こ》して血の気のない真っ白な顔になりながら必死に言い募った。

「そ、それはっ」

「お、お許しください、陛下！　それだけは！」

「もう二度と口にしません！　ですからどうかっ」

ジークハルトは玉座の上から一同を見回し、ややあってから重々しく口を開いた。

「……そうか。ならば今一度挽回《ばんかい》の機会を与えよう。ただし、この先もお前たちが同じような世迷言《よまいごと》を繰《く》り返《かえ》すなら容赦はしない。肝《きも》に銘《めい》じよ」

「は、はい！」

「ありがとうございます！　もう二度と言いません！」

どうやら貴族たちは自分の娘を王妃にしたいという野望よりも保身を優先したようだ。

もっとも、貴族の身分を剝奪されたら娘を王妃にすることもできなくなるのだから、当然といえば当然だろう。

「解決したみたいだね。さて王妃様、あいつらが謁見の間を出る前にここを離れよう。顔を合わせる気分じゃないでしょう？」

「そうね」

エイベルに促され、ロイスリーネはその場から離れた。

「エイベル、陛下はこのあと執務室に戻られるのよね？　……ねぇ、女官長。このまま執務室に寄っても構わないかしら？」

今すぐジークハルトに会いたい。顔が見たい。そう思って廊下を進みながらロイスリーネが尋ねると、女官長がにっこりと笑った。

「もちろん構いませんよ、王妃様」

執務室に到着《とうちゃく》してしばらくすると、ジークハルトがカーティスを連れて戻ってきた。

「ロイスリーネ？」

ジークハルトはロイスリーネの姿にわずかに目を見張る。いるとは思わず驚いているようだ。

ちょっと照れながらロイスリーネは言った。

「公務も終わったので、少しだけ陛下に会いたいなと思って、来てしまいました」

「……そうか。俺もロイスリーネの顔が見られて嬉《うれ》しい。近頃《ちかごろ》なかなかカインになる暇《ひま》がなかったしな」

謁見の間ではあんなに厳しい雰囲気だったのに、ロイスリーネを見つめる今のジークハルトに冷たさや厳しさは微塵《みじん》もない。それどころか、和《なご》んだように口角が上がり、微笑すら浮かんでいる。

――以前はずっと無表情で、寒々とした印象しか抱けなかったのに。

ロイスリーネのジークハルトに対する気持ちが変化したからというだけではない。ジークハルトもまた解放されつつあるのだろう。『侮られない王になるために、感情や弱みを見せない』――そんな己を縛《しば》る思いから。

そう考えたら嬉しくなってロイスリーネの顔に笑《え》みが浮かんだ。

「ロイスリーネ？」

「えへへ」

心のままにロイスリーネは一歩を踏《ふ》み出《だ》し、ジークハルトの胸に抱きついた。

二人はまったく気づいていない。ロイスリーネと一緒に執務室で待っていたはずのエイベルとエマ、それにジークハルトと一緒に戻ってきたはずのカーティスがいつの間にか姿を消していたことに。今や執務室は二人きりの空間となっている。

「ロ、ロイスリーネ⁉」

いきなり抱きつき、さらに胸に頭をぐりぐりと押しつけてくるロイスリーネに、ジークハルトはすっかり狼狽《うろた》えている。それがなんだか「うーちゃん」と重なって見えて、ロイスリーネは内心くすくす笑った。

「ちょっと抱きつきたい気分なんです」

「そ、そうか」

ジークハルトはいまいち状況が分からないようだったが、甘えたいというロイスリーネの気分を感じ取ったのか、そっと彼女の背中に手を回した。

「……ふふふ」

ロイスリーネはジークハルトの胸の中で思いっきり息を吸った。礼服に焚《た》き染《し》められたコロンの香りが鼻孔《びこう》をくすぐる。

――うーちゃんのようなお日様の匂《にお》いは……今はしないけれど、とても安心できる香り。それにとても温かい。

その温《ぬく》もりは、うさぎを抱きしめた時と同じだ。

――私ってバカね。うさぎにならなくても、「うーちゃん」が失われるわけじゃないのに。

うさぎがジークハルトだと分かっていたつもりだったのに、きっとどこかで別のものだという思いから抜け出せていなかったのだ。

――大切なうーちゃん。つらい時期に傍にいてくれて、私がどれほど慰《なぐさ》められたことか。

毎晩のように一緒に眠《ねむ》ってくれたおかげで、ロイスリーネはつらい時期を乗り越えることができたのだ。

──私はそんなうーちゃんを失いたくなくて、知らず知らず『還元』のギフトまで使って陛下をうさぎの姿にし続けた。傍にいて欲しくて。でもね、私は間違っていたわ。ロイスリーネは「うーちゃん」を失うわけではないのだ。たとえうさぎの姿にならなくても、ジーク《う》ハル《ち》ト《ゃ》は《ん》こうしてロイスリーネの傍にいてくれるのだから。

「陛下。私、負けません。陛下を信じて、ずっとついていきますから。だから……」

つと顔を上げてロイスリーネはジークハルトを見つめた。

「一緒に頑張りましょう。二人で立ち向かいましょう」

「ロイスリーネ……」

ジークハルトはロイスリーネを見下ろして、次の瞬間《しゅんかん》、嬉しそうに破顔《はがん》した。

──っ！

心臓がドクンと大きく脈を打つ。

──陛下が、笑った……！　カインさんの姿じゃないのに！

昔ジークハルトがロウワンを訪れた時に見せてくれたものと同じ、屈託《くったく》のない笑顔《えがお》。

「ありがとう、ロイスリーネ。そうだな、一緒に、二人で立ち向かおう」

「陛下……」

七年ぶりに見る笑顔をロイスリーネは魅入《みい》られたように見上げる。けれど残念ながらロイスリーネにその笑顔を堪能する時間はなかった。キスを受けるために目を閉じてしまったからだ。

目をつぶる直前にロイスリーネが見ることができたのは、弧《こ》を描《えが》く唇で。

その後は口に押し当てられた温かくて柔《やわ》らかな感触《かんしょく》に心を奪《うば》われてしまい、何も考えられなくなった。

気を利《き》かせて廊下で待っていた面々の前で、執務室の扉《とびら》が開かれたのは、それからだいぶ経《た》ってからのことだった、とだけ記しておこう——。

「なぜだ。なぜこうも上手《うま》くいかないんだ」

大神殿の一室に、カーナディー卿の焦ったような声が響き渡る。教皇はめっきり頭皮の薄《うす》くなった頭を抱えていた。部屋の隅《すみ》に控《ひか》えていたメルディアンテの顔色も悪かった。

彼らはロイスリーネのギフトを公開すれば、六百年前と同じようにルベイラに非難が集中し、信用も国力も落ちると考えていた。ところが蓋《ふた》を開けてみれば、大神殿の尻馬《しりうま》に乗ってルベイラを非難しているのはほんの一部の国だけ。ルベイラを支持する国より少なかったのだ。

ほとんどの国は静観して事態を見守っているだけで、何の動きも見せていない。教皇の名で書簡を送っても色よい返事をくれる国は少なかった。

それだけではない。神聖メイナース王国の王太子ですら「早まった行動はしない方がいいのではないか」と大神殿を諫《いさ》めるような言動をしているのだという。

その上、火の神フラウド神殿と水の神アクアローゼ神殿に所属する『鑑定の聖女』がロイスリーネ王妃を『鑑定』し、ギフトはなかったと表明したことで一気に旗色が変わってしまった。

今やファミリア大神殿は、大陸中の国々や他の神殿から胡乱な目を向けられている。

――こんなはずではなかったのに。

「カーナディー卿！　いったい、どうしてくれるんだ！　そなたが間違いはない、真実だというからルベイラに喧嘩《けんか》を売ってまで『神々の寵愛』のギフトのことを公表したんだぞ！　それなのに、今やすっかり私は与太話《よたばなし》を信じた笑い者だ！　他の神殿からも『傷が浅いうちに先の発表は誤りだったと訂正《ていせい》した方がいいのではないか』という書簡が届いている！　私の立場をズタズタにして、一体どうしてくれるんだ！」

教皇は血走った目をカーナディー卿に向ける。カーナディー卿はチッと舌打ちすると、お前のせいだといわんばかりにメルディアンテを見た。

「メルディアンテ！　そもそもお前がロイスリーネ王妃に『神々の寵愛』のギフトがあるなどと言ったから……、まさか嘘《うそ》を申したのではないな⁉」

ぎょっとしたメルディアンテは慌ててカーナディー卿の足元に跪《ひざまず》いた。

「嘘ではありません！　本当に視たのです！」

「だったらなぜお前より力の強いロレインがロイスリーネ王妃にギフトがないと断言しているんだ⁉　そもそもお前の『鑑定』がロレインより信用されていないから、諸国や大神官たちが教皇猊下《げいか》の言うことを信じてくれないのだぞ！　この役立たずが！　儂《わし》の顔に泥《どろ》を塗《ぬ》りおって！」

「そ、そんな……」

青ざめるメルディアンテはさらに教皇の独り言を耳にして頭が真っ白になった。

「こうなったら六百年前の時と同じように異端審問会を開いて、『鑑定の聖女』にすべての責任を押しつけるしかない……。私は騙《だま》されたということにすれば、誹《そし》りは受けるだろうが、教皇の座は守れるだろう」

――『鑑定の聖女』にすべての責任を押しつける？　何それ、聞いていないわ……！

メルディアンテは知らなかったのだ。六百年前、すべての責任を押しつけられて『鑑定の聖女』が処刑《しょけい》されたことを。

けれど本能でこのままではまずいことはわかった。

——何とかしなければ。何とか回避《かいひ》しなければ……。だって私は特別な人間だもの。間違っていない。ロイスリーネ王妃にギフトがあるのは確かなのだから……！

その時、ふと天啓《てんけい》のようなひらめきが降りた。

——悔《くや》しいけれど、私より『鑑定』の力が強いロレインが、ロイスリーネ王妃のギフトに気づかないなんてことある？　ありえないわ！

考えられる理由はただ一つ。気づいていながらロイスリーネ王妃に「ギフトはない」ことにしているのだ。

——そうよ。ロイスリーネ王妃とロレインは親戚《しんせき》じゃないの。きっと頼《たの》まれてギフトがないことにしたんだわ！

どこの神殿にも所属していない『鑑定の魔女《まじょ》』ならともかく、聖女には大神殿への報告義務がある。ギフトを持つ本人が望むと望まないとにかかわらず、『鑑定の聖女』はギフト持ちを見つけたら必ず大神殿に報告しなければならないのだ。

——ロレインはその義務に違反《いはん》した！　それどころか今も嘘を言ってロイスリーネ王妃のギフトを隠匿しているのだわ！

「教皇猊下！　カーナディー卿！　まだ私たちに勝ち目はあります！」

メルディアンテは逸《はや》る心を抑《おさ》えながら二人に説明をした。

「なるほど、ロレインを異端審問会にかければ彼女の嘘が白日の下《もと》にさらされる。諸外国が静観を決め込んでいるのはロレインを信用しているからだ。その信頼が崩《くず》れれば……」

教皇が納得《なっとく》したように呟く。その向かいでカーナディー卿もにやりと笑った。

「猊下を支持するようになるでしょう。猊下、ロレインを異端審問会にかけると同時にジョセフも審問にかけましょう。奴はロレインと仲が良《い》い。きっとあやつもロイスリーネ王妃のギフトを知っていながら隠匿し、あまつさえ猊下の命令を無視してあんな手紙まで寄こしたのですから」

カーナディー卿は、教皇の部屋の隅にあるごみ箱を示す。そこには破かれた手紙の残骸《ざんがい》が散っていた。

それは教皇がジョセフ神殿長に出した『ロイスリーネ王妃を大神殿に引き入れるために協力しろ』という要請《ようせい》に対する返事だった。

そこに書かれていた内容は明確な拒絶《きょぜつ》だ。

『協力致《いた》しかねます。私やルベイラ教区にいる聖女たちもロイスリーネ王妃と会ったことがありますが、彼女からはギフトがあるようには感じられませんでした。『神々の寵愛』のギフトがあるというのは間違いでしょう。大神殿の名誉《めいよ》のためにも、今すぐ訂正し、ルベイラ国に謝罪をお願いします。それと、不正をして降格された人物を傍に置いておくのは猊下の御身《おんみ》のためによろしくないと存じます。手遅《ておく》れになる前に、今すぐ手を切ることをお勧《すす》めします』

これを読んで頭にきたカーナディー卿の手によって、手紙は破かれごみ屑《くず》になっていた。

「そ、そうだな。そうしよう」

ジョセフ神殿長がロイスリーネのギフトを知っているか知らないかは実のところたいした問題ではなく、しかも、教皇の命令を拒否《きょひ》しただけで異端審問会にかけるなど普通はありえない。

けれどこの時教皇は、自分の立場を守るために藁《わら》にもすがる思いだった。

一方、カーナディー卿は気に入らないジョセフ神殿長を、ロレインのついでに失脚させることができるとほくそ笑んでいた。

それはメルディアンテも同じだ。目障《めざわ》りなロレインを引き摺り下ろすことができると考えると、ワクワクした。

——これで私は『鑑定の聖女』として再び頂点に立てるわ！

三人はこれが自分を破滅に追い込む道に繋《つな》がっているなどとは夢にも思っていなかった。

ロイスリーネたちのもとにその一報が入ったのは、昼の営業時間を終え、休憩《きゅうけい》を迎えた『緑葉亭《りょくようてい》』で後片付けをしていた時のことだった。

「大変です！」

息せき切って店に入ってきたのは、『解呪《かいじゅ》の聖女』ミルファだった。

「大神殿所属の聖騎士たちがいきなり神殿にやってきて、ジョセフ神殿長を連れて行ってしまったんです！　異端審問会にかけるからって！」

「なんですって？」

ロイスリーネはぎょっとしてリグイラと顔を見合わせた。『影』たちも予想外だったようで、常連客の皆も驚いている。

「ジョセフ神殿長は何もしていないのに！　王妃様、どうしましょう！」

よほど慌てて来たのだろう。ミルファは聖女の服を着たままだった。

「お、落ち着いて、ミルファ。とにかく、陛下に知らせてジョセフ神殿長を取り返さないと！」

「それには及《およ》びませんよ」

声と共に戸口に現れた人物を見て、ロイスリーネは「あっ」と声をあげた。そこにいたのは『過去見の聖女』マイラだったからだ。

「マイラ様！」

「ミルファ。いけませんよ、護衛の騎士もつけずにいきなり神殿を飛び出したりして」

マイラは優しく諭《さと》すようにミルファに言うと、ロイスリーネに向かって頭を下げた。

「お久しぶりでございます、王妃様」

「お、お久しぶりです、マイラ様。あの、ジョセフ神殿長を取り返さなくていいというのは一体……？」

ロイスリーネは戸惑いながら尋ねる。ジョセフ神殿長が大神殿に無理やり連行されてしまったというのにマイラがやけに落ち着いているのが不思議だった。

──長年、お二人でルベイラのファミリア神殿を支えてきたはずなのに……。

「ジョセフ神殿長はこうなることを予期していて、あえて大神殿に向かったからですよ」

微笑みながらマイラは答える。

「ジョセフ神殿長はあらかじめすべてを手配されていました。しばらくの間神殿長の代理は神官長が務めることになります。何も問題はありません。ジョセフ神殿長は必ず帰ってきます。それまでミルファ、私たちは通常通り祈りを捧《ささ》げながら、あの方が帰ってくるのを待ちましょう」

「マイラ様……」

ミルファの大きな目にぶわりと涙が浮かんだ。マイラはミルファの頭を撫でると、ロイスリーネたちを見回して言った。

「王妃様、ジョセフ神殿長からの伝言です。『自分は大丈夫。切り札があるから心配しないでほしい』と。国王陛下たちが下手に動くとジョセフ神殿長の計画が崩れるかもしれないからと、本来なら先にニコラウス殿《どの》から説明してもらうはずだったのですが……」

「申し訳ありません。聖女マイラ」

声と共に現れたのは、ニコラウスだった。

「ニコラウス審問官⁉」

彼がルベイラに来ていたことを知らなかったロイスリーネは目を丸くした。そんなロイスリーネに笑みを向けて、ニコラウスは頭を下げた。

「お久しぶりです、王妃様。その節はお世話になりました。そして申し訳ありません、聖女マイラ。先に陛下に連絡《れんらく》をしていたので、伺《うかが》うのが遅《おく》れました」

「いいのです。神殿を飛び出したミルファがこちらに真っ先に向かうとは予想していませんでしたもの」

「ご、ごめんなさい。マイラ様」

ミルファは首を竦めた。どうやら余計なことをしてマイラの足を引っ張ってしまったらしいと気づいたようだ。

「これからは無闇に神殿を飛び出したりしないこと。留守にしている間にあなたに何かあったら、ジョセフ神殿長に顔向けできませんからね。約束よ、ミルファ」

「はい……」

「皆《みな》さん、お騒がせしました。長い間留守にできないので、私はミルファを連れて神殿に戻ります。詳《くわ》しいことはニコラウス殿が説明するでしょう。ニコラウス殿、よろしくお願いします」

「あ、あの、お騒がせしました！　このお詫《わ》びはまた後日に！」

「ああ、気にしなくていいよ、ミルファ。あんたは神殿であんたの役目をしっかり果たせばいい」

リグイラが言うと、ミルファは笑顔になった。

「はい！　頑張ります！」

嵐《あらし》のようにやってきたミルファはマイラに連れられて神殿に戻っていった。後に残ったのはニコラウスのみだ。

「さて、詳しい話を聞こうじゃないか。ニコラウス元審問官」

少し厳しい口調でリグイラが質問を始めようとした時だった。厨房《ちゅうぼう》から料理人のキーツが珍《めずら》しく慌てた様子で入ってきた。

「マイクとゲールから緊急《きんきゅう》連絡が入った！　特命聖騎士団の奴らが現れて、聖女ロレインを大神殿に連行したそうだぞ！」

「え⁉　おば様も大神殿に⁉」

仰天《ぎょうてん》してロイスリーネは聞き返す。

「マイクとゲールは何してたんだい⁉　どうしてみすみす特命聖騎士団の奴らに聖女ロレインを渡しちまったんだ？」

「それが、聖女ロレイン本人に止められたらしい。今は手出しをしてはだめだと。自分は大丈夫だからって」

「おば様……」

「マイクとゲールの話だと、どうやら聖女ロレインはこうなることを予期していたらしい。二人は引き続き、奴らと聖女ロレインから目を離さず監視《かんし》を続けるそうだ」

「それで正解です。今はとにかく邪魔《じゃま》をしてはいけません。『影』の方々にも下手に動かないよう伝えてください。異端審問会が開かれるまで、ルベイラは絶対に動いてはいけません」

ニコラウスが口を挟んだ。

「どういうことだい？」

「ジョセフ神殿長は予期していたんです。追いつめられた教皇とカーナディー元枢機卿が責任逃れ《せきにんのが》をするために、必ず自分と聖女ロレインを異端審問会にかけるだろうと」

「異端審問会？　さきほどミルファもそう言ってましたよね。異端審問会とはなんですか？」

聞き慣れない単語に、ロイスリーネはつい訊《たず》ねてしまっていた。話を中断させるのは悪いと思ったが、異端審問会が何であるか分からなければ、この先の話も理解できないのではないかと危惧《きぐ》したためだ。

「異端審問会というのは、公開裁判のようなものです。基本的にファミリア神殿の中で起きた犯罪のほとんどは、公《おおやけ》になる前に処理されることが多いのですが、重大事件など公開する必要があると判断された事例については、異端審問会という特別な審議が行われるのです」

異端審問会が行われるのは、嘘や偽り《いつわ》の証言ができないよう特別な魔法が施《ほどこ》された専用の部屋で、教皇と規定数の枢機卿、それに特別監査室《かんさしつ》の立ち会いのもと行われる。

「彼らは異端審問会で二人を裁くことによって、自分たちの行為《こうい》を正当化するつもりなのでしょう」

「なら、なおのことその前に二人を取り戻さなければならないんじゃないかい？」

「それはだめです。もし異端審問会が始まる前に二人が消えれば、その段階で教皇はジョセフ神殿長と聖女ロレインの罪を既成《きせい》事実にしてしまうでしょう。そうなったら二人は汚《お》名《めい》を着せられたままになる。だから、ルベイラの皆さんは異端審問会まで動いてはいけません。ジョセフ神殿長たちが不利になってしまう」

「でも、だからって異端審問会にかけられるのを黙って見てろって言うのかい？　相手が強硬手段に出たってことは、勝算があるからだろう？」

リグイラとニコラウスのやりとりをロイスリーネはハラハラしながら見守る。

――一体、どうすればいいの？　どうしたら二人を救うことができるの？

「大丈夫です。ジョセフ神殿長はこの事態を予期していたと言いましたでしょう？　ジョセフ神殿長には切り札があります。反対にこちらに勝算があるから、お二人は大神殿の召集に大人しく従ったのです」

ニコラウスは微笑んだ。

「動くのは異端審問会が行われるその日です。大丈夫、我々には強い味方がついていますから」

その言葉に呼応するように天井《てんじょう》から涼やかな声が響き渡る。

「その通りです」

――いつの間に⁉

聞き覚えのある声にロイスリーネたちが見上げると、そこには空に浮いているジェシー人形の姿があった。

「『女神の御使い』!?」

「え？　味方ってもしかして――」

カテリナの手によるものと思われる白いエンパイア式のドレスを身に着けたジェシー人形、もとい『女神の御使い』は、柔らかな、それでいてどこか厳《おごそ》かな声で宣言した。

「人間の世界に直接私たちが干渉《かんしょう》することは基本的にありませんが、世界の存続のためなら話は違います。人間たちよ、自らの手で過ちを正す時が来ました。歩みなさい、行きなさい。愛《いと》し子《ご》たち。あなたたちにはこの太陽神《ファミリア》や多くの神々がついています――」

三日後、大神殿から新たな告示が全国に向けて発せられた。

そこには十日後に『異端審問会』が開かれること、被告《ひこく》は『鑑定の聖女』ロレインとジョセフ・アルローネ枢機卿であることが記されていた。

第六章　お飾り王妃は大団円を引き寄せる

異端審問会《いたんしんもんかい》が行われる日になった。

「臨時休業」の看板が出され、閉店している『緑葉亭《りょくようてい》』の店内には、灰色の覆面《ふくめん》……もとい、戦闘服《せんとうふく》を身にまとったリグイラたち『影《かげ》』に、ロイスリーネとジークハルト、それにライナスとカーティスが集まっていた。

「似合うじゃないか、リーネ。陛下《へいか》も」

着替《きが》えを終えたロイスリーネとジークハルトを見て、リグイラが片目をつぶる。

「ありがとう、リグイラさん。ふふ、ちゃんと神官に見えるかしら？」

ロイスリーネとジークハルトが身に着けているのは、ファミリア神殿《しんでん》の神官の祭服だ。大神殿で一番人数が多いのがこのシンプルな白い服を着た神官たちなので、怪《あや》しまれずに神殿内を歩き回るためには最適だった。

「ちゃんと神官に見えるさ。あ、一応眼鏡は忘れずにつけておくんだよ。もし向こうで素《す》性《じょう》が知れたらやっかいだ」

「大丈夫《だいじょうぶ》よ、リグイラさん。抜《ぬ》かりはないわ。これからしばらくの間、私は『神官のリーネ』よ。この姿で王妃《おうひ》だと一目で見破れる人なんていないわ」

眼鏡をかけながら自信満々に微笑《ほほえ》むロイスリーネ。その横でカインの姿で、これまた神官服を身に着けたジークハルトが浮《う》かない表情をしていた。

「……本当は君を敵地に連れて行くのは避《さ》けたかったんだがな」

「もう、まだ言っているの？　カインさんったら。証拠《しょうこ》を手に入れるために私の『還元《かんげん》』の力が必要なんだもの、仕方ないですよ」

――それに、私だって皆《みな》が過《あやま》ちを正すために動いているのに、一人で大人しく王宮で待つなんて嫌《いや》だもの。

「それは分かっているが……」

「私は心配していません。何かあったらカインさんが守ってくれるって分かってるし！」

にこにこして言うと、ジークハルトは諦《あきら》めたような息を吐《つ》いた。

「ああ。俺が必ず守る。だけどくれぐれも気をつけてくれよ」

「もちろんですとも」

計画を実行するため、この十日余りロイスリーネたちは打ち合わせを繰《く》り返《かえ》し、綿密に準備を進めてきた。

――すべては、ファミリア大神殿の千年続く過ちを正すために。

「それにしても、まさか女神《めがみ》ファミリアが大地の神ではなくて、太陽神だったなんてびっくりよ」

『鑑定《かんてい》の聖女』ロレインとジョセフ神殿長が大神殿に連行されたと報告があったあの日、突然《とつぜん》現れた『女神の御使《みつか》い』の口からロイスリーネたちは真実を聞かされた。千年前、ファミリア大神殿の上層部が犯《おか》した罪と、そのせいで信仰《しんこう》が歪《ゆが》んでしまったことを。

「そうだな。六百年前の大戦の時に、各神殿に神々から『戦争を止めるように』と神託《しんたく》が下った中、ファミリア大神殿だけがその声を聴《き》くことができなかった。信仰が歪められていたせいだが、それを認められなかったことで、ここまで来てしまったんだな」

女神ファミリアを信じている信者たちが聞いたら失望どころか幻滅《げんめつ》するであろう真実だ。

カーティスが口を挟《はさ》む。

「だからこそ必死で隠《かく》してきたんでしょう。杖《つえ》に仕込まれていた大神殿の宝物と共に代々の教皇たちには真実が言い伝えられてきた。だけど、今までの教皇は誰一人として真実を公《おおやけ》にして過ちを正そうとはしなかった。まぁ、大神殿どころかファミリア神殿そのものが引っくり返るような真実ですからね。隠し通して現状維持《いじ》を選んだ気持ちは理解できますよ。それが正しいかはともかく」

「正しくないと分かりながら、それでも自分が今まで信じてきたことがすべて誤りだったと認めるわけにはいかないってところだろう。だからこそ『女神の寵愛《ちょうあい》』や『神々の寵愛』の祝福《ギフト》に固執《こしつ》したんだ。六百年前の教皇も、今の教皇も。自分たちは女神の意思に反しているわけではない、何百年と続いた自分たちの信仰は間違《まちが》っていないんだと示したくて」

「『神々の寵愛』って、そんなたいそうなギフトじゃないのに……」

情けなさのあまり、ロイスリーネの眉《まゆ》がへにょりと曲がった。

「だって、『神々の寵愛』って言われている効果なんて皆無《かいむ》なんですよ！　豊かさとはまったく無縁《むえん》だし、幸運も運ばないんです‼」

そうなのだ。『女神の御使い』、もとい、女神ファミリアが現れたのでここぞとばかりにロイスリーネは尋《たず》ねてみたのだ。『神々の寵愛』のことを。

そして知った。『神々の寵愛』は『還元』の力を抑《おさ》えるため。ただそれだけの役割のギフトだということを。

『還元』は創造神だけが持っている『破壊《はかい》と創造』の権能で、創造を終えた後は破壊に転じてしまう両刃《もろは》の剣《つるぎ》だ。神々はロイスリーネの『還元』が破壊の方向に向かわないように、彼女が生まれる時にすべての眷族神《けんぞくしん》のギフトを押しこめた。そうすることである程度制御《せいぎょ》することが可能になるからだ。

――本当、びっくりよ。私が魔法《まほう》を使えないのも、『神々の寵愛』が私の中にある『還元』を抑えている影響《えいきょう》のせいだったなんて！

正直に言えば『大地の女神ガイア』の件より『神々の寵愛』の真実の方がロイスリーネには衝撃《しょうげき》だった。

――せめて、せめて魔法くらい使えていたら、『期待外れの姫《ひめ》』だなんて呼ばれないですんだのに！

ちなみに『女神の御使い』が女神ファミリアその人だったことに、ロイスリーネはさほど驚《おどろ》きはなかった。

――だって、恐《おそ》れ多《おお》くてあえて口にしなかったけど、そうじゃないかと思っていたもの。くろちゃんも「ファミリア」って呼びかけていたし。ひーちゃんなんか「僕の眷族神のくせに」とか言ってたしね！

日の神の分霊《ぶんれい》である金色の羊が「僕の眷族神」と言ったら、ファミリア以外にいないではないか。

「大神殿が欲《ほっ》しているのはギフトの力ではなく、『神々の寵愛』がファミリア神殿の手の内にあるという事実ですからね。彼らが王妃様にギフトがあると信じている限り、決して諦《あきら》めることはないでしょう」

柔和《にゅうわ》な笑《え》みを浮かべて言ったのはカーティスだった。

「でもそれも今日までです。明日から大神殿はそれどころではなくなりますからね」

「そ、そうね。ジョセフ神殿長の計画が成功すれば、私にかかずらってはいられなくなるわよね、きっと」

ロイスリーネはさらっと黒いことを言ったカーティスに慄《おのの》きながら頷《うなず》いた。

――今気づいたけど、カーティス、ものすごく怒《おこ》ってない？　いや、でも当然かもしれないわ。叔父《おじ》さんのジョセフ神殿長がよく分からない罪で大神殿に連行されて、異端審問会にかけられようとしているんだもの。

カーティスのためにも必ず教皇たちの計画を阻止《そし》しなければ、とロイスリーネが決意も新たにしていると、リグイラが口を開いた。

「そろそろ異端審問会の始まる時間だ」

緊張《きんちょう》を孕《はら》んだ声音《こわね》でリグイラが周囲を見回す。

「あんたたち、準備はいいね？　ライナス！」

「はい。では集まってください。陛下たちは魔石《ませき》の準備を」

「カーティス、後は頼《たの》んだぞ」

店内の床《ゆか》に魔法陣《まほうじん》が現れ、眩《まばゆ》い光を発する。と同時にジークハルトが片手でロイスリーネの肩《かた》を抱《だ》き寄せながら、移動の魔法が使える魔石を床に叩《たた》きつけた。

溢《あふ》れる光に、カーティスは思わず目を閉じる。やがて光が収束したのを感じ、目を開けた時には店内に自分以外の姿はなかった。

カーティスは天に向かって祈《いの》りを込《こ》めて呟《つぶや》く。

「陛下。王妃様。ご武運を。……叔父上たちを頼みます」

大神殿では、今まさに異端審問会が開かれようとしていた。ルベイラがジョセフ枢機《すうき》卿《きょう》と聖女ロレインを奪還《だっかん》する動きを見せるのではないかとずっと警戒《けいかい》していた大神殿の聖騎士《せいきし》たちが、何事もなく異端審問会が始まることにほっと安堵《あんど》の息をついた時だった。

「て、敵襲《てきしゅう》だ！」

大神殿のあちこちに全身を灰色の服で覆《おお》った襲撃者《しゅうげきしゃ》たちが現れ、聖騎士たちに襲《おそ》いかかったのだ。

「おそらく奴《やつ》らの目的は異端審問会を潰《つぶ》すことだろう！　行かせるな！」

兵を増員し、襲撃者たちの排除《はいじょ》にかかる聖騎士たち。その中には真っ白い服を身にまとった特命聖騎士団の姿もあった。

敵襲と聞いて、騎士たちや、神官たちが慌《あわ》ただしく廊下《ろうか》を走っていく。

神官服に身を包んだロイスリーネとジークハルトは、しれっと彼らに交じって大神殿の深部に向かっていた。

「普通《ふつう》の聖騎士たちは適当に遊んでやって気絶でもさせておきな。だけど特命聖騎士団は別だ。絶対に討《う》ち漏《も》らすんじゃないぞ。リーネたちの邪魔《じゃま》になるからね！」

「了解《りょうかい》っす、団長！」

聖騎士たちを翻弄《ほんろう》しながらリグイラが部下たちに発破《はっぱ》をかける。

言うまでもなく、大神殿を襲撃している集団はルベイラの第八部隊、通称《つうしょう》『影』たちだった。影と呼ぶには明らかに目立つ服装で、あちこちに出没《しゅつぼつ》しては警備の騎士たちと剣《けん》を交えていく。

彼らの目的は陽動であり目くらましだ。彼らが聖騎士や特命聖騎士団の注意を引いている間に、ジークハルトとロイスリーネは移動の魔法陣を使って大神殿の奥の方まで潜《もぐ》り込んでいた。

だが二人の目指す場所は異端審問会が行われている特別審問室ではなく、別の場所にある。

「こっちだ、カイン坊《ぼう》や、リーネちゃん！」

二人が向かった先にはマイクとゲール、それに審問官の黒い神官服を身にまとったディーザとニコラウスがいた。

連行されていくロレインを追って先に大神殿にたどり着いていた彼らは、ディーザと、急いでルベイラから大神殿に帰着したニコラウスと協力して文献《ぶんけん》を探していたのだ。それも、代々の教皇が封印《ふういん》して隠していたという『大地の女神ガイア』が存在していたことを記した文献と、ファミリア大神殿がガイアの神殿を乗っ取った証拠の数々を。

「まいったよ。この大神殿の地下にはおびただしい数の部屋があって。そのどれに例の文献が隠されているのか探すのにすっごく苦労してさぁ」

礼拝堂の隠し扉《とびら》から地下へと続く道を歩きながら聖騎士の扮装《ふんそう》をしたマイクがぼやく。同じく聖騎士の格好をしたゲールがうんうんと頷いた。

「この十日間、地下にもぐりっぱなしだったんだぜ。ディーザがある程度位置を絞《しぼ》らなければ、今日までに探し出せなかったかもしれん」

「……今も地下の部屋は貯蔵庫としてよく利用されているからな。何百年もの間、ずっと利用されていない区画はそう多くない」

答えるディーザの表情は曇《くも》っている。ニコラウスも同様だ。

──無理もないわよね。自分が信じて仕えてきた大神殿の闇《やみ》を垣間見《かいまみ》ることになってしまったわけだし。それに、ある意味、今自分たちがしていることは大神殿に対する背信行《こう》為《い》になるわけだから……。

「二人とも大丈夫？　つらいならここから先は私たちだけで……」

気を遣って声をかけると、ディーザとニコラウスは首を横に振《ふ》った。

「いいえ、王妃様。もとより覚悟《かくご》の上ですから、最後までお付き合いします」

「ええ、女神の制裁を受けてすべて消滅《しょうめつ》してしまうよりはずっとマシなので。これはこの先ファミリア神殿が生き残っていくために必要なことだと割り切っています」

ディーザの返答にロイスリーネはまさかと思ってマイクたちを見た。ロイスリーネの視線を受けて彼らが疲《つか》れたように頷く。

カインがこっそりロイスリーネに耳打ちした。

「どうやら『女神の御使い』が彼らの前にも現れて、協力しなければ大神殿……いや、ファミリア神殿そのものを『恥《は》ずべき存在として消す』と脅《おど》したらしい」

「お、おおう……」

何とも言えない気分になったロイスリーネだった。

──何やってるんですか、『女神《ファミリア》の御使い』。自分の信者を脅すなんて……。

いや、もしかしたら脅しではなく、女神は本当にそうするつもりだったのかもしれない。

『どうしてあんたたちは何もしなかったんだ？　あんたたちなら正すことも簡単だったろうに』

『大地の女神ガイア』の存在が、人間の記憶《きおく》や記録から消されて千年が経《た》つ。その間にどうして神々は何もしなかったのかというリグイラの問いに、女神ファミリアはこう答えたのだ。

『私たちが罰《ばつ》を下すのは簡単です。ですが、自らの過ちを自らの手で正さなければ、また同じことを繰り返すだけです。それでは何の意味もないのです』

神々は、人間が自分たちで過ちに気づいて正していくことを望んでいる。そして今まさにそれを人間に問いかけてきているのだ。「お前たちにそれができるのか？」と。

——私たちは神々に示さなければならないんだわ。自分たちで過ちを正すことができるということを。

「おっと、ここだ」

物思いに沈《しず》みながら地下通路を歩いていたロイスリーネは、ゲールの声に現実に引《ひ》き戻《もど》された。

目の前にあるアーチ状の木の扉はかなり古そうだった。補強のためか扉の周囲はレンガで囲われているものの、そのレンガ自体もかなりの年季が入っている。

扉にはこれまた古い錠前《じょうまえ》がかかっていた。

「この錠前自体は普通のものだ。だけど……」

「扉全体に強力な封印の魔法がかかってるな」

扉を見つめながらカインが言うと、ニコラウスが頷いた。

「はい。神聖魔法による最上級の封印魔法です。私やディーザも見たことがないくらいに強力なもので、どうやっても解除できませんでした。ここが開かないと証拠が手に入りません」

「おそらく代々の教皇には口伝で解除の呪文《じゅもん》が伝わっているんだろうな。でも、問題ない。

「はい。私の出番ですね！」

ロイスリーネはドヤ顔をしながら一歩前に出て、扉に触《ふ》れた。次の瞬間《しゅんかん》、目の前で起こったことに、ディーザとニコラウスは唖然《あぜん》となった。

無理もない。ロイスリーネが扉に触れたとたん、あれほど強力に張《は》り巡《めぐ》らされていた封印魔法が、跡形《あとかた》もなく消えたのだから。

「これで大丈夫そう？」

「ああ、上出来だ。マイク、錠前を外してくれ」

「ほいきた」

どこからか取り出した針金でマイクが鍵穴《かぎあな》をちょいちょいと弄《いじ》ると、ガチッという重い音がして錠前が外れた。

「よし、中に入って証拠を持ち出そう。あまり時間がないぞ。審問が始まるまでに特別審問室に行かないと」

異端審問会はすでに始まっているものの、肝《きも》の部分である審問自体はすぐには始まらない。諸外国から賓客《ひんかく》を招いた手前、教皇は自分たちの主張が正しいことを示すため、審問会に至った経緯や二人の罪状を説明する時間を多めに取って、ここぞとばかりに主張するだろうから、とディーザたちも言っていた。

光の魔法で周囲を照らしながらゲールが、続いてマイクが扉の中に入っていく。カインの後に続いて部屋に入ろうとしたロイスリーネは、びっくりして固まっているディーザとニコラウスに微笑みながら声をかけた。

「私、この手の魔法を勝手に解除してしまう体質なの。言っておきますけど、『神々の寵愛』のギフトとはまったく無関係ですからね？」

だから口外しないようにと念を押すと、ようやく驚きから立ち直ったディーザが苦笑《くしょう》を浮かべた。

「『女神の御使い』から、あなたの特別な力について詮索《せんさく》も他言もしてはならないと言いつけられているので、心配は無用です。ですがなるほど、マイクとゲールが『リーネちゃんに任せればこんなの簡単に開けることができる』と言う訳だ」

「ふふ、こういう時しか役に立ちませんけれどね」

笑いながら開けたばかりの部屋に入っていく。そこは岩をくりぬいただけの小さな部屋だった。部屋の中には数個の木箱が置かれていて、これにも個々に封印の魔法がかけられている。もちろんロイスリーネの『還元』の前には全く無意味だが。

開け放たれた木箱の中には、古い書物や羊皮紙などが押し込められていた。古い言葉が使われていて、ロイスリーネには何が書かれているのかさっぱり分からなかったが、ディーザたちには理解できるようだ。

「……これは、『大地の女神ガイア』を祀《まつ》る神殿で行われていた儀式《ぎしき》を記した書物です。代々継承《けいしょう》されていたもののようで、これをもとに当時の司祭たちが儀式を行っていたのですね」

ニコラウスが言えば、別の木箱の中身に目を通していたディーザが顔を上げた。

「こっちは『太陽の女神ファミリア』に捧《ささ》げる祝詞《のりと》を記したものだ。今の『大地の女神ファミリア』に捧げる祝詞とは大きく異なっている。おそらくこれが本来の……」

それ以上ディーザも言葉が出ないようだった。

部屋にあったのは確かにファミリア大神殿が犯した罪の証《あかし》だった。

当時の大神殿の上層部も、そして代々の教皇も、証拠など残さずすべて焼《や》き払《はら》って隠滅《いんめつ》したかったに違《ちが》いない。それが、どういうわけか消し去ることが敵《かな》わず、こうやって密《ひそ》かに隠して封印していたということは――。

「たぶん、だけど。それは神々と人間……最初に神殿を建てた人たちとの契約書《けいやくしょ》みたいなもので、物理的に消し去ることができなかったんじゃないかしら」

何となくそんな気がするのだ。

――最初に見た時に「これは神聖なもの、守らなければならないもの」という印象を受けたのよ。こういう時の勘《かん》ってほとんど外れないのよね、私。

「なるほど。もし他の神々の神殿でも同じようなものが存在すると明らかになれば、大神殿が犯した罪は明白になるだろうな。ひとまずこれは押収《おうしゅう》していこう。もう時間がない」

ジークハルトはそう言って、マイクに巾着型《きんちゃくがた》の袋《ふくろ》を渡《わた》した。それは袋の中が別の空間に繋《つな》がっている収納用の魔道具《まどうぐ》で、ライナスが開発したものだ。かなりの数を持ち運ぶことができるのに、かさばらず重さもほとんどないという優《すぐ》れものだ。

「ほいさ」

マイクは袋の中に古文書や書物を入れていく。元々それほど量があるわけではないので、あっという間に袋の中に納まった。

「特別審問室へ急ぐぞ！」

ジークハルトたちは急いで地下室から出ると、地上へと戻った。

「他に敵がいないか確認《かくにん》しろ！」

地上では撤収《てっしゅう》の合図がなされ、もう『影』と聖騎士や特命聖騎士団の戦いに決着がついたようだ。だが大神殿の中では依然《いぜん》として混乱が続いていて、騎士たちが慌ただしく移動している。おかげでロイスリーネたちは彼らに紛《まぎ》れることで問題なく特別審問室に到着《とうちゃく》した。

「こっちが入り口だ」

「これが……特別審問室？」

ディーザたちに案内されて入った特別審問室は、ロイスリーネが想像していたものとは違っていた。

——裁判所のようなものだと聞いてはいたけど、これではまるで劇場だわ。

そうした印象を持つのも無理はなかった。円形の階段状になっている客席があり、異端審問会を見守る神官や各国の招待客などで満席に近い状態になっている。劇場でいう役者が立つ舞台《ぶたい》の部分が被告席《ひこくせき》になっているようで、審問を受ける人物——ここではジョセフ神殿長と聖女ロレインが、聖騎士たちに挟まれて立っている状況《じょうきょう》だった。

——劇場っぽいせいかしら。まるで見世物みたい……。

実際見世物なのだろう。この日のために教皇はルベイラを除く強国と呼ばれる国々の王族を招待している。それだけではない。異端審問会の様子は魔道具に記録され、魔法通信制度《システム》によって大陸中の主要なファミリア神殿に送られている。

つまりここにいる者たちだけではなく、大勢の人間がこの異端審問会の様子を目にすることになるのだ。

——教皇は自分たちの行いが正当であると示すために大々的に公開することにしたようだけど、それが仇《あだ》となるなんて夢にも思っていないのでしょうね。

円形の客席の一角に、他より明らかに豪華《ごうか》な装飾《そうしょく》の柱で仕切られた空間があった。おそらくあれが教皇や立会人である枢機卿たち、それに招かれた賓客たちがいる席なのだろう。

そちらに目をやって、「敵」の姿を確認したロイスリーネは目を見張った。中央に座っているのが服装からしても教皇のようなのだが……。

――あれ？　教皇の司祭冠《ミトラ》の下の髪《かみ》の毛《け》ってあんなに薄《うす》かったかしら？　神殿に飾《かざ》られている教皇の肖像画《しょうぞうが》では、もう少し髪の毛がフサフサしていたように思う。だが、今ロイスリーネの肉眼に映っているのは、すっかり寂《さび》しくなってしまった頭……に載《の》った司祭冠だった。

――ふっ、きっと肖像画では見栄《みえ》を張ってフサフサになるように描《えが》かせたのね。日和見《ひよりみ》だと言われる教皇だもの。きっとそうよ！

ロイスリーネはそう結論づけた。見栄なんかではなく、ついこの間まで教皇の頭は実際にフサフサだったのだが、毎晩憂《う》さ晴《ば》らしのようにロイスリーネが「ハゲろ」と念じていたせいで薄くなってしまったとは、本人は知る由もない。

また、真相を知っているジークハルトも気の毒そうに教皇の頭に視線を走らせたのだが、ロイスリーネに告げることはなかった。したがって、教皇の薄毛《うすげ》が治る可能性はこの先もないことがあずかり知らぬところで決定されてしまったのだが、幸か不幸かそのことを教皇本人が知ることはなかった。

「これより審問を始める」

厳《おごそ》かな口調で宣言したのは、教皇の隣《となり》に座っている黒い神官服を身に着けた目つきの鋭《するど》い中年男性だった。彼が今回の異端審問会の進行役にして裁判官の役目を担《にな》っている、特別監査室《かんさしつ》の室長だ。つまりディーザたちの上官である。

どこかうんざりしたような表情なのは、茶番に無理やり駆《か》り出《だ》されたからだろう。彼は今回の異端審問会の開催《かいさい》について、最後まで反対していたそうだから。

「室長も気の毒だな。本来ならば異端審問会を開くような罪状ではないのに、教皇に押し切られて茶番劇の一端《いったん》を押しつけられたのだから」

「うんざりしているのは室長だけじゃないようだぞ、ディーザ。集まった神官たちも困惑《こんわく》している様子だ」

教皇たちが最初に主張したであろう「異端審問会を開く理由と二人の罪状」は、どうやら参加者の納得《なっとく》いくものではなかったらしい。ニコラウスが示すように、客席で傍聴《ぼうちょう》していた人たちの多くは微妙《びみょう》な表情で教皇を、そして舞台……ではなく被告席にいるジョセフ神殿長たちを見ていた。

「クロイツ派に騙《だま》されて至宝を渡してしまった猊下《げいか》に言われてもなぁ……」

「私はジョセフ枢機卿やロレイン様が背信行為をしたとは思えないわ。お二人はずっとファミリア神殿に貢献《こうけん》なさってきた方たちよ。むしろ、不正行為に関わったカーナディー元枢機卿を重用している猊下の方が……」

どうやら信頼《しんらい》のなさや日頃《ひごろ》の行いのせいで、教皇たちの主張は彼らが思っていたほど支持を集められていないようだ。

それでも教皇たちの余裕《よゆう》の姿勢が崩《くず》れないのは、審問でジョセフ神殿長と聖女ロレインの嘘《うそ》を暴くことができると確信しているからだろう。

異端審問会が開かれているこの特別審問室は、部屋全体に強力な神聖魔法がかかっていて、嘘や偽《いつわ》りの証言を口にできないようになっている。黙秘《もくひ》は可能だが、部屋の性質上「沈黙《ちんもく》は肯定《こうてい》」と受け止められるため、否認しない限り罪が確定してしまうのだ。

「おば様は問題ないって言っていたそうだけど、本当に大丈夫なんでしょうか……」

不安になってロイスリーネはジークハルトの袖口《そでぐち》をぎゅっと握《にぎ》った。ジークハルトは宥《なだ》めるようにロイスリーネの手を取って握った。

「ここは二人を信じよう。きっと大丈夫だ」

ロイスリーネが『還元』を使えば、この部屋の魔法を無効にできるかもしれない。だが、ジョセフ神殿長の計画ではこの部屋の魔法は絶対に必要になるため、ロイスリーネに手出しは無用と言われているのだ。

——秘密の通路に行く時のように、必要な時だけ封印の魔法を解除して、あとは勝手に再構築してくれるのだったらいいけれど、意識してそこまで『還元』のギフトを制御できるか分からない。だからここはおば様たちを信じるしかないのだけど……。

もどかしいと思ってしまう。何か自分にできることはないのか、と。

──私のギフトが原因でこんなことになっているのに、何もできないなんて……。

焦燥感《しょうそうかん》と罪悪感だけが募っていく。

特別監査室の室長が口を開く。どうやら先にロレインの審問をするようだ。

「聖女ロレイン」

「はい」

ロレインの朗《ほが》らかな返事が部屋に響《ひび》く。彼女はいつもと変わりなかった。異端審問会で今まさに裁かれようとしているのに、落ち着いていて、余裕すらあった。

「その方はルベイラ王妃ロイスリーネに『ギフトはない』という鑑定を下した。『神々の寵愛』というギフトがあることを知りながら、ないと偽《いつわ》り、神殿に報告する義務を怠《おこた》った。それに相違《そうい》ないか」

観客たちは固唾《かたず》を呑《の》んでロレインの言葉を待った。『鑑定の聖女』メルディアンテも嬉々《きき》としてロレインの零落《れいらく》する時を今か今かと待ち望んでいる。

注目の中、ロレインは微笑《びしょう》を浮かべて口を開いた。

「いいえ。私の答えは決まっております。ロイスリーネ王妃にギフトはありません。したがって、神殿に報告する義務も怠っておりません」

それは明確な否定の言葉だった。とたんに特別審問室の中にざわめきが走る。

「否定したぞ！」

「ここには嘘偽りを口にできない魔法がかかっているわ。それなのに否定したということは……」

「やっぱりロレイン様は無実だったのよ！」

周囲が騒然《そうぜん》となる中、ロレインの予想外の発言に、教皇とカーナディー卿、そしてメルディアンテは愕然《がくぜん》とした。

ロイスリーネも口をあんぐり開ける。

「お、おば様？　え？　え？　この部屋では嘘の証言はできないのよね？　それとも無意識のうちに私、『還元』の力を使ってた？」

「いや、確かにこの部屋には強力な魔法がかかっている。だけど……」

ジークハルトは被告席で悠然《ゆうぜん》と立っているロレインと、微笑を浮かべているジョセフ神殿長をじっと見つめて呟いた。

「ああ、そうか、なるほど。ロレイン様がロイスリーネの『力』はギフトだとは思えないって言っていただろう？　あれは紛れもなく、ロレイン様の本音だったんだ」

「つまり……。おば様は私のギフトをギフトだと思っていないから、この部屋ではっきり否定できるってこと？　問題ないっておば様が言っていたのはそういうことだったの？」

どうやらこの部屋にかかっている魔法は、「真実と異なることを口にできない」ではなく、「被告にとっての嘘や偽りを言うことができない」という類《たぐい》のものだったらしい。

——そうか、おば様はそれを知っていたから、自分は大丈夫と言っていたのね！

「嘘よ！　あんたは嘘を言ってるんだわ！」

ざわめく特別審問室にヒステリックな声が響き渡る。メルディアンテだった。カーナディー卿の横に座っていた彼女は、立ち上がって喚《わめ》き散らしている。

「あんたが王妃のギフトに気づかないはずないじゃないの！」

「ここで嘘偽りを口にできないのはあなたも知っているでしょう、聖女メルディアンテ。私は嘘は言っていないわ。ロイスリーネ王妃にギフトはありません」

二度目の否定の言葉に、教皇は青ざめ「こんなはずでは……」と呟いた。メルディアンテはさらに喚く。

「嘘よ、嘘よ！　あんたが知らないはずないわ！」

そんな彼女を無視して、ロレインは特別監査室の室長に声をかけた。

「室長。こちらから彼女に質問しても構わないかしら？」

「構わない。聖女メルディアンテは証人の一人でもある。彼女も自身の意見を証明する必要があるだろう」

室長はにやりと笑う。彼の表情は先ほどまでのうんざりした様子から、ワクワクしたものへと変わっていた。

ロレインはにっこり笑う。

「ありがとう、室長。それではメルディアンテ、あなたに質問するわ。あなたは本当にロイスリーネ王妃のギフトが視《み》えたの？」

「視えたわ！」

これは本当のことだったので、メルディアンテは胸を張って答える。けれど次のロレインの質問に彼女は顔をこわばらせた。

「ならばロイスリーネ王妃の『神々の寵愛』のギフトとは、一体どういう力なの？　あなたは『周囲に豊穣《ほうじょう》と幸運を与《あた》える力』と言ったそうだけど、それは本当のことなの？」

「……っ……！」

メルディアンテは「そうだ」と頷きかけて、声も出ないし首も動かないことに気づいて、青ざめた。

「そ、それは……」

彼女が教皇とカーナディー卿に語った『神々の寵愛』の効果は、まったくのねつ造である。この部屋にかけられた魔法の意味を、メルディアンテはわが身で思い知らされることになったのだ。

明らかに答えられずにいるメルディアンテに、またもやざわめきが走った。

「聖女メルディアンテは否定できないようだぞ」

「『周囲に豊穣と幸運を与える力』があるという彼女の言葉は嘘だったのね！」

同じような結論に至ったのは何も観客たちだけではない。教皇もカーナディー卿もメルディアンテを睨《にら》みつけている。

「儂《わし》らを謀《たばか》ったのか、メルディアンテ！」

「貴様のせいで……！」

「ち、ちが……」

ロレインたちが嘘をついている。それを証明して自分たちに有利な状況に持っていくつもりだった教皇たちにとってみたら、とんだ番狂《ばんくる》わせだろう。いや、番狂わせどころか自分たちの立場が相当危《あや》うくなっている。いち早く保身に走ったのは、教皇だ。カーナディー卿を睨みつけてがなり立てる。

「謀ったのはお前も同じだ、カーナディー神官！　大神殿から追い出されないように温情を与えた恩も忘れて、私に嘘を言って唆《そそのか》しただろう！」

「っ、……ジョ、ジョセフ！」

教皇にすべての責任を押しつけられそうになっていることに気づいたカーナディー卿は、非難の矛先《ほこさき》をジョセフ神殿長に変えるため、血走った目を向けた。

「貴様の……ロレインと謀ってロイスリーネ王妃のギフトを隠匿《いんとく》したという罪状は誤りだったかもしれん。だが、貴様は協力しろという要請《ようせい》を断り、猊下を侮辱《ぶじょく》した！　その罪からは逃《のが》れられんぞ！」

問われたジョセフ神殿長は眉を上げた。

「侮辱？　私は忠告しただけです。聖女ロレインを信頼しているので、最初からロイスリーネ王妃にギフトがあるとは思っておりませんでした。だから大問題にならないうちに手を引いてルベイラと和解するべきだと申し上げただけです。それのどこが罪でしょうか？」

「そ、それは……。い、いや、罪はある！　六百年前のことを持ち出し、我ら大神殿の行いを過ちと称《しよう》したことだ！　あれは紛れもない侮辱である！」

カーナディー卿は保身のために必死になってジョセフに罪があると言い募った。六百年前のことまで持ち出して。……それこそが、ジョセフ神殿長が求めていた言葉であることも知らずに。

ジョセフ神殿長の顔に笑みが浮かんだ。

「六百年前のこと。……ああ、ここにいる神官や聖騎士たちの諸君は知らない事実でしたね。君たちには知らされることなく隠されてきた事実をつまびらかにせよ、とカーナディー神官はそう仰《おつしや》るのですね。いいでしょう。この場は真実を告げる場ですから、私の口から真実を述べましょう」

「真実？」

「我々が知らない事実とは何だ？」

観客がざわめく一方、教皇と枢機卿たちは、ジョセフ神殿長が何を言おうとしているのかを察して青ざめた。

「六百年前大神殿は、当時の『鑑定の聖女』が告げた、『女神の寵愛』のギフトと称する、『周囲に豊穣と幸運を与える力』という彼女にねつ造された言葉に惑《まど》わされ、諸外国や他の神殿を焚《た》き付け戦争を誘発《ゆうはつ》したのです。その『女神の寵愛』のギフトを持つと言われたローレンという女性を大神殿が手に入れるために」

「ジョ、ジョセフ神殿長っ。それはっ……」

「い、言ってはならぬっ」

慌てる教皇と枢機卿たち。けれどジョセフ神殿長はそれを無視して続けた。

「教皇猊下、立会人としてここにいる枢機卿たち、それに元は枢機卿だったカーナディー神官はご存じのはず。しかも大戦の途中《とちゅう》で各神殿は神々から『戦争をやめろ』という神託が下され、皆手を引いたのに、我がファミリア神殿にだけは神託がなく、最後まで争いをやめることはなかった。そのせいで世界中から非難を浴び、他の神殿との協議の結果、とあるルールまで決められたのに」

『女神の御使い』に教えてもらった事実が、ジョセフ神殿長の口を通して語られていく。

教皇や枢機卿たちが止めようとしたが、それは特別監査室の室長が許さなかった。

「我々には知る権利がある。ジョセフ神殿長、続けてください」

「ありがとう、室長。続けさせてもらうよ」

戦後、大神殿への非難をかわすため、『鑑定の聖女』を異端審問会にかけて、すべての責任を負わせて処刑《しょけい》したこと、自分たちだけに神託が下りなかったことで「女神に見限られたのではないか」と疑心暗鬼《ぎしんあんき》に陥《おちい》った大神殿が、聖女をやっきになって集め始めたこと。そしてそのルールが破られ続けていたことを。

次々と明らかになる事実に、観客たちは驚きを持って耳を傾《かたむ》けた。魔道具からこの模様を中継《ちゅうけい》された各地の「ファミリア神殿」でも同じだ。事実を知っていた枢機卿たちは一様に項垂《うなだ》れ、何も知らされていなかった神官たちは固唾を呑んで画面に見入っている。

「なぜ、我々ファミリア神殿にだけ神託が下りなかったのか。理由が分からず六百年前の枢機卿や大神官たちが疑心暗鬼になるのも無理はなかったでしょうね。ですが、ただ一人、神託が下りない理由を知る人間がいました。当時も、そして、今もです」

ジョセフ神殿長の視線が教皇を捉《とら》える。

「そうですよね、猊下。この中であなただけが知っている。代々の教皇だけに伝えられてきた『千年前にファミリア大神殿が犯した大罪』のことを」

部屋にいるすべての人間の視線が、一斉《いっせい》にただ一人に向けられた。

「あ、あ……あ」

教皇の顔から血の気が失われた。

――ようやく気づいたのね。自分たちこそがこの場に引きずり出されたのだということに。

ロイスリーネは真っ青を通《とお》り越《こ》して今や真っ白な顔色になっている教皇に冷ややかな目を向けた。

彼らはロレインやジョセフ神殿長を異端審問会に引きずり出したつもりでいたのだろう。けれど、ジョセフ神殿長は彼らが異端審問会を開くことを予想していて、反対に彼らをこの場に導くためにあえて大人しく連行されていったのだ。嘘偽りが口にできないこの場で、真実を明らかにするために。

――だから、私たちは開催されるギリギリまで待って行動したのよね。それより前だと警戒した教皇たちが異端審問会を開かずに、二人の罪を既成《きせい》事実として処分してしまう可能性があったから。

「そ、それは本当ですか、猊下！」

「千年前にファミリア大神殿が犯した罪とは一体？」

驚いた枢機卿たちが教皇に詰《つ》め寄《よ》る。けれど、教皇は震《ふる》えるだけで口を開こうとしなかった。おそらく否定したいものの、嘘偽りが口にできないために何も言えない状況なのだろう。

代わりに答えたのはジョセフ神殿長だった。

「私たちの信仰する女神ファミリアは、大地の神ではなく、本当は太陽の神なのです。本来の大地の神は『女神ガイア』。千年前、ファミリア大神殿は大地の神という称号《しょうごう》欲《ほ》しさにガイアを祀る神殿を乗っ取り、太陽神への信仰をねじ曲げてしまいました。だから、我々がどれほど祈りを捧げても、女神ファミリアに届くわけがない」

観客たちは息を呑んだ。彼らにとってそれは、天と地が引っくり返るほどの衝撃だったに違いない。

千年前、当時の人間たちは太陽への信仰を失いつつあった。人間が祈らなくても、太陽は毎日昇《のぼ》り、沈んでいく。文明を築き、着々と人口を増やしていた彼らは、あって当たり前のものに祈る価値を見いだせなかったのだろう。

それに強い懸念《けねん》を抱いたのは、ファミリア大神殿だ。信者が減り、各地にあった神殿は急速に廃《すた》れつつあった。そこで当時の教皇たちは、人々の信仰が集まりつつあった『大地の女神』と『豊穣の神』のうち、規模が小さかった、『大地の女神ガイア』に目をつけた。

そしてあろうことか、「太陽と大地の女神ファミリア」として勝手にその名を変えてしまったのだ。当然、他の神殿や当のガイア神殿からは抗議《こうぎ》を受けたが、ファミリア大神殿は聞く耳を持たなかった。

「詐称《さしょう》は十年や二十年のことではなかった。百年も続いたのです。それほど長い間名乗り続ければ、人々の間にファミリアは大地の女神であることが定着していく。反対に同じ大地の女神を名乗る神がいるばかりに、ガイア神殿は信者を奪《うば》われ、次第《しだい》に衰退《すいたい》し、人々の記憶から消えていった。百年かけてファミリア大神殿はガイア神殿を呑みこみ、かの女神が存在していたことを記録からも抹消《まっしょう》したのです。と同時に、ファミリア大神殿の教義も儀式も大地の女神に相応《ふさわ》しいように改変され、もとの『太陽の女神』の部分はどんどん少なくなり、やがて消えてしまった」

『女神の御使い』……いや、女神ファミリアが言うには、神殿や神々を祀る儀式はそもそも新しき神々の権能を届けたり調整したりする補助のために作られたものだったらしい。

『世界はあまりに広く、そして人間はあまりに小さいため、私たちにはよく見えないのです。それは私たちが世界を俯瞰《ふかん》して見ているため。そのせいでバランスよく権能が行きわたっているのかを確認することもできません。その役割を、各神殿が務めてくれていたのです』

儀式や祝詞は、本来人間の世界で起きていることを神々に伝えるために行われるものだ。神々はそれらを通して世界に権能が行きわたっていることを確認していた。

――それなのに、人間たちの勝手で『大地の女神ガイア』が消され、儀式も行われなくなってしまったなんて、世界にとっては一大事だわ。

幸い、『大地の女神ガイア』の権能は大地そのものを指していた。だから人々から忘れられようと、太陽が毎日昇って沈むように、大地が消え去ることはなかった。

——でもそれは『大地の女神ガイア』がおおらかな性格で、人間に悪感情を抱かなかったからであって、決して容認《ようにん》されていいものではないのよね。でも、『太陽の女神ファミリア』の意思も通じなくなっていた「ファミリア大神殿」は間違った信仰を続けて、過ちを正すことはなかった。

「しょ、証拠は⁉ 証拠はあるのか！ 貴様の与太話《よたばなし》ではないという証拠を出せ！」

突然声を張り上げたのはカーナディー卿だった。教皇の態度からジョセフ神殿長が真実を言っていると気づいていても、彼はそれを信じることができずにいるようだ。いや、信じたくなかったのだろう。

ジョセフ神殿長はにっこりと笑った。

「もちろん、証拠はありますよ」

いつの間にかジョセフ神殿長たちがいる被告席に、ディーザとニコラウスの姿があった。

彼らは袋から地下室に隠されていた古文書や書物を取り出して床に並べていく。

「これは大神殿の地下の一室に隠してあったものです。これらの古文書は、ガイア神殿から押収された儀式書と神に捧げる祝詞です。もう片方の書物はかつて大神殿でも執《と》り行《おこな》われてきた『太陽の女神ファミリア』へ捧げる儀式や祝詞を記したもの」

「なっ！ どうしてそれをっ……！」

それらの書物に見覚えがある教皇が目を剝《む》いた。

「封印がっ、してあったはずなのにっ！」

「『女神の御使い』の前にそのようなものは無意味だったようですよ。簡単に私たちの手に入りました。これも女神ファミリアのお導きでしょう」

しれっとして言ったのはニコラウスだった。

「そ、それが本物とは、限らないではないか！」

認められないカーナディー卿が最後のあがきを見せる。

「それが本物であるという証拠を……っ」

だが、カーナディー卿は最後まで言うことができなかった。

「本物ですよ。私が保証します」

涼《すず》やかな声が天井《てんじょう》から降り注ぐ。ハッとして声のした方を見上げると、太陽がモチーフらしい天井のタイル画の、まさに太陽の部分から眩い光が生じ、ゆっくりと空を降りてくる。

光の中心にいるのはあまりに馴染《なじ》みのあるジェシー人形だった。

──『女神の御使い』。……ううん、女神ファミリア様。

ロイスリーネが、そして人々が見つめる中、黒髪《くろかみ》の小さな人形はみるみるうちに形を変え、妙齢《みょうれい》の女性の姿へと変化していく。青い衣《ころも》を纏《まと》った、豊かな金色の髪と鮮《あざ》やかな青い瞳《ひとみ》を持つ美女へと。

それはファミリア神殿に伝わっている「女神ファミリア」そのものの姿だった。金色の髪は太陽の光。青い瞳は晴れ渡った空の象徴《しょうちょう》だ。

この姿のどこに「大地の女神」の要素があったのだろう、とロイスリーネは改めて思う。どこからどう見ても彼女は太陽の化身《けしん》だ。

「女神ファミリア様」

女神の降臨にいち早く反応したのは、被告席にいるジョセフ神殿長と聖女ロレイン、それにディーザとニコラウスだった。彼らは一斉に片膝《かたひざ》をつき、最上の礼を女神に捧げた。

彼らを見下ろす女神ファミリアの視線は優《やさ》しい。

次に反応を示したのは、大神殿に所属する聖女たちだった。教皇や枢機卿たちのすぐそばの席にいた彼女たちは椅子《いす》から降りて、同じように膝をついて両手を組んで祈りを捧げる。

神々の権能の欠片《ギフト》を持つ彼女たちには、今自分の目の前にいる存在が本物の神だということが分かるのだろう。

遅《おく》れて枢機卿たちが跪《ひざまず》き、彼らに倣《なら》うように客席にいた神官や騎士たちが椅子から降りて膝をつく。

今や礼を取っていないのは、客席の隅《すみ》にいたロイスリーネたちと教皇、それにカーナディー卿とメルディアンテだけだった。

「あああああ！」

突然、教皇が椅子から転げ落ちるように床に膝をついて、女神に向かって両手を上げた。

「なぜ、どうしてっ、どうして今までお姿を見せて下さらなかったのです！　我らは長らくあなた様の降臨を待ち望んでいたのに、どうしてっ！」

涙《なみだ》を流して訴《うった》える教皇に、女神ファミリアは淡々《たんたん》と告げる。

「その理由はあなたが一番よくわかっているはずですよ。『大地の女神ファミリア』に向けた祈りは私に届くことはありません。ガイアに届くこともない。そして太陽の女神の徒であることを忘れてしまったあなた方に、私の言葉が伝わることもありませんでした。それでも私は願っていたのです。あなた方が過ちに気づき、自らの手で正すことを。その機会は何度も与えていたつもりです。ですが、あなた方がそれに応えることはありませんでした。代々の教皇は『ファミリア大神殿』が犯した罪を知っていたのに」

「お、お許しください！　お許しを！」

教皇はガクガクと震え出し、頭を抱《かか》えたまま何度も「お許しを」と繰り返した。だが、女神ファミリアはそれに応えることはなく、彼女の視線が次に向かったのは呆然《ぼうぜん》としているメルディアンテだった。

「あなたは私たちの力を受け取るに相応しい人間ではないようですね。与えたギフトを人のために使うも使わないも自由です。……けれど、その力を私利私欲のためだけに使うことは許しませんよ」

言いながら女神ファミリアは、メルディアンテをすっと指差した。そのとたん、メルディアンテの胸の位置から小さな光が飛び出して、女神の指先に吸い込まれるように消えていく。

「あなたの中の祝福《ギフト》はすでに見限っているようなので、放っておいてもそのうち力を失ったでしょうが……その猶予《ゆうよ》すら与えるつもりはありません」

呆然と見上げていたメルディアンテは自身の異変に気づいたのだろう。ハッとしたように聖女たちの方を見て——そして絶叫《ぜっきょう》した。

「いやぁ、何も！　何も視えない！　嘘、嘘よぉぉぉ！」

おそらく女神はメルディアンテから『鑑定』のギフトを取り上げてしまったのだろう。彼女の心の拠《よ》り所《どころ》であり、アイデンティティだった力を失い、メルディアンテは半狂乱《はんきょうらん》になった。

「こんなの嘘よ！　私は特別な人間よ！　なのに……いやぁぁぁ！」

「お、おい、こんなところで暴れるのは……ぐはっ！」

メルディアンテの振り回した手が、隣に座っていたカーナディー卿の顔に当たる。だが室内にいる誰一人として、彼らを止める者はいなかった。誰もが手を組み、祈るような姿勢で降臨した女神の姿を見上げている。

彼らの表情に気づいてロイスリーネは眉を寄せた。

「女神よ、お許しを」

「なんてことだ。全部まやかしで、我々の祈りが何の意味もなさなかったとは」

「私たちは一体何をやっていたのかしら……」

神官たちの顔に浮かんでいるのは、失望と虚《むな》しさと諦念《ていねん》だった。女神を目にしたことへの高揚感《こうようかん》は過ぎ去り、今はただ事実を知ってその罪の重さに怯《おび》えている。

無理もない。今まで自分がやってきたことが、全て無意味だったと知ってしまったのだ。信仰への意欲を失い、神殿への信頼をも失ってしまった彼らの行きつく先は、決して明るくないだろう。

――ああ、ダメだわ。

ロイスリーネには分かる。今のままではだめだと。

きっと彼らの大半は大神殿を去り、「ファミリア神殿」からも距離《きょり》を置くだろう。失望と虚しさは神殿への怒《いか》りに変わり、憎《にく》しみを募《つの》らせていく。もしかしたら真実を知ってしまった罪悪感から、大神殿の罪を暴いたジョセフ神殿長に恨《うら》みを抱くようになるかもしれない。

これからどれほどジョセフ神殿長が過ちを正そうとしても、『大地の女神ファミリア』への信仰を捨てきれない人間も必ず出てくるだろう。最悪の場合、「ファミリア神殿」は分裂《ぶんれつ》し、共倒《ともだお》れになるかもしれない。

——そんなのはだめよ！　何のために女神ファミリアが長い間待ってくれていたと思うの？　人間が自分たちの手で過ちを正すことを願ってくれたからでしょう⁉

黒うさぎや金色の羊の姿が脳裏《のうり》に浮かぶ。

これ以上神々を失望させたくない。彼らが世界を、そこに生きている生命《いのち》を愛してくれていることを、ロイスリーネは知っている。

——なんとかしなくちゃ。でも私に一体何ができるの？　彼らを納得させる言葉を私は持っていないのに。

どんどん焦りが募る。今ここでしくじるととんでもないことになるとロイスリーネの勘が告げていた。

——どうしよう。私にできることはないの？　何か、何か……！

その時、不意に頭の中で声がした。

《祈るのだ、ロイスリーネ》

「……くろちゃん？」

それは黒うさぎの声だった。

《言っただろう。『還元』は想いの力だと。そなたの願望に力は反応する。だから願え。お前の想いの丈を祈りに乗せて伝えればいい。それがファミリアたちの助けになる》

「祈り……」

「リーネ？」

独り言を呟くロイスリーネを、ジークハルトが不思議そうに見下ろす。

「……陛……いえ、カインさん。私、祈ります。そうすることが必要だから」

ロイスリーネは胸の前で両手を組んで祈り始める。

──私にできることは多くない。『還元』の力があったって、人々の意識を変えることはできないし、やり方も分からない。

……けれど、そっとその背中を押すことくらいはできるだろう。

──彼らにほんの少しの勇気を。一歩を踏《ふ》み出す力を、与えてあげたい。

そっと目を閉じて祈りを捧る。

「よく分からないが、君の手助けになるのなら、俺も祈ることにしよう」

そう言うと、ジークハルトはロイスリーネの組んだ両手に自分の手を重ねた。

「カインさん……」

びっくりして目を開けると、微笑んでいるカインの顔がすぐ目の前にあった。

「俺がついているよ、リーネ」

「……はい」

くすぐったい気持ちになりながら再びロイスリーネは目を閉じた。

手を包み込むカイン……いや、ジークハルトの体温は、ロイスリーネに勇気を与えてくれる。

「だから、ほら、ほんの少しの勇気があれば、私たちは進んでいける。諦めないで。皆で一緒《いっしょ》に乗《の》り越えていきましょう」

最初にその光に気づいたのは女神ファミリアだった。美しい顔に笑みが浮かぶ。

「まぁ、あの子ったら」

次にその光に気づいたのは、魔力《まりょく》が視えるジョセフ神殿長だった。空から降ってくる小さな無数の光の粒《つぶ》に、彼は目を細めた。

「……なんて綺麗《きれい》な、光なんだ」

「……あの子の仕業ね」

同じく気づいたロレインが苦笑する。

「素晴《すば》らしいわね。『還元』の輝《かがや》き。命の祝福だわ。見えるのが私とジョセフ神殿長とロレインだけなのはもったいないから、皆におすそ分けしましょう」

女神ファミリアは胸の前でポンと両手を叩いた。そのとたん、ロイスリーネが創りだした想《おも》いの光は可視化され、誰の目にも明らかになる。

「……光の、雨？」

空から、無数の光の粒が降ってくる――。

わぁ、と歓声《かんせい》が上がった。

「なんて綺麗なのかしら……」

「これは女神からの祝福か？」

まるで雪のようにふわりふわりとただよっている光は、人々の身体《からだ》に触れるとまるで吸いこまれるように消えていく。けれど、なぜか光に触れるたびにどんどん胸が熱くなっていった。

「温かい……」

「なんだろう、この光は」

彼らは心が軽くなっていくのを感じていた。

「この光はほんの小さな勇気を与えてくれる光です」

女神ファミリアの鈴《すず》を転がすような声が、人々の耳に響く。

「確かに信仰が歪められたためにあなた方の祈りは私に届きませんでした。けれど、すべてが無駄《むだ》だったわけではありません。祈りによって救われた者もいるでしょう。祈りによって生まれたこの光のように、あなた方の心を照らすこともあったでしょう。過ちは無駄ではないのです。人間は過ちから学ぶことができる。自分たちの手で正していくことができる。私はそう思っています。さぁ、私の愛《いと》し子《ご》たち。あなた方はあなた方の信じる道を行きなさい――」

光の雨は映像を通して各地にあるファミリア神殿にも届いていた。室内だというのに、天井から降り注ぐ光の雨に、人々の歓声が轟《とどろ》く。

「女神の奇跡《きせき》だ！」

特別審問室では、温かい光に背中を押されるように立ち上がった者がいた。

「太陽の化身、麗《うるわ》しき女神よ」

それは招待客の中にいた神聖メイナース王国の王太子《おうたいし》ルクリエースだった。決意を込めた視線を女神ファミリアに向け、彼は宣言する。

「約束します。必ず我々は過ちを正し、乗り越えてみせます。ですから女神よ、これからも我々を見守っていてください」

「その通りです、女神よ」

ルクリエースに倣って神官や枢機卿たちが立ち上がって同じように宣言していく。

「過ちは必ず正していきます。時間がかかっても、必ず」

彼らの表情にはもう失望や諦念はなかった。

「ええ、見守っていますよ。我が信徒たちよ」

女神ファミリアは微笑みを残してその場から姿を消した。と同時にロイスリーネの生み出した光の雨も消えたが、人々の表情は晴れ晴れとしていた。

——復興や改革は決して楽じゃないと思うけれど、でもきっとやり遂《と》げることができるはずよ。

祈りをやめたロイスリーネは、ジークハルトと手を取り合いながら、女神の消えた天井を見つめ続ける人々を見守っていた。


人々は気づかない。呆《ほう》けたように床に座り込んでいる教皇と、「私は特別なのよ」とブツブツと呟き続けているメルディアンテに挟まれたカーナディー卿が、そっと席を立って逃《に》げ出そうとしていたことに。

ロイスリーネの生み出した勇気を与える光に触れても、カーナディー卿は何の感銘《かんめい》も受けなかったようだ。彼はただただ自分の保身とここを逃げ出すことだけを考えていた。

——教皇は腑抜《ふぬ》けになり、メルディアンテも役立たずになった。このままここにいたら儂《わし》の身が危うくなる！

もう彼に残された道は大神殿を逃げ出すことしかなかった。だが、席を立ち上がったカーナディー卿は、そこから数歩も移動することはできなかった。

彼の首根っこを摑《つか》んだ人間がいたからだ。

「おっと、逃がしはしないぞ、カーナディー神官」

それは特別監査室の室長だった。彼はにやりと笑った。

「せっかく特別審問室にいるんだ。スフェンベルグの件や余罪を洗いざらい吐《は》いてもらおうじゃないか」

「…………」

獰猛《どうもう》な笑みを浮かべる室長の顔を見て、逃げられないことを悟《さと》ったカーナディー卿は、自分の行く末を想像し、震えを止めることができなかった。


「リーネ、陛下、お帰り！　計画通りにいって大成功だったようじゃないか！」

マイクとゲールと一緒に移動の魔法陣で大神殿からルベイラに戻ってきたロイスリーネたちは、『緑葉亭』で一足先に戻ってきていたリグイラたちに迎《むか》えられた。

「リグイラさん、それにみんなもご苦労様でした！　誰も怪我《けが》してない？　大丈夫だった？」

「大丈夫。そんなへまをする奴はここにはいないよ」

「手ごたえのない連中だったぜ」

暴れ足りなかったのかキーツがぼやいていたが、祝いの料理を出すためにすぐに厨房《ちゅうぼう》に消えていった。

「ライナスもお疲れ様。何度も移動の魔法陣を展開して疲れたでしょう」

疲れた様子で椅子に座っているライナスに声をかけると、苦笑を浮かべて頷いた。

「はい。さすがに何度も人を運ぶと疲れますね。まだ修業《しゅぎょう》が足りないようです」

ライナスはロイスリーネや『影』たちを大神殿に運んだあと、戦闘には加わらず、今度は他の神殿の代表者たちを移動させていたのだ。もちろん、行先《いきさき》は大神殿だ。

——実は特別審問室の外に他の神殿の代表者たちが待機していたなんて、きっと教皇は夢にも思わなかったでしょうね。ふふ、鉄は熱いうちに打てだわ。

女神ガイアを祀る神殿の復活には、どうしても彼らの力《ちから》添《ぞ》えが必要だ。そこで火と水の神殿の聖女たち、それにロイスリーネの母親のローゼリアの力を借りて他の神殿に声をかけ、今回の計画を打ち明けた上で、大神殿に来てもらったのだ。

彼らは魂《たましい》が抜けたようになった教皇と、ジョセフ神殿長、それに各部署の代表者たちと一緒に、今まさに新しいルール作りのための話し合いをしているだろう。

「本当に、お疲れ様。ジークハルト。ロイスリーネ」

すっかりお馴染みになった声に振り返ると、カウンターに腰《こし》を下ろし、足をプラプラさせているジェシー人形、もとい女神ファミリアがいた。

「おー、ジェシーちゃんもお疲れ」

「すごく神々《こうごう》しかったぜ、ジェシーちゃん」

「あなたたちもご苦労様。神官服は似合わなそうだから、聖騎士に扮《ふん》してて正解だったようね」

中身は女神ファミリアだと判明したのに、マイクとゲールの軽口は変わらないようだ。対する女神ファミリアも気軽に応じている。

——神様相手にいいんだろうか。……いいんでしょう、きっと。そういうことにしておきましょう。

自分こそ古い神々相手に臆《おく》することなく「モフモフ」というだけで受け入れたくせに、ロイスリーネはそんなことを思うのだった。

「さっきの『還元』の光は良かったですよ、ロイスリーネ。おかげで彼らの中に乗り越える勇気が生まれましたから。あれならきっと大丈夫。同じ過ちは繰り返さないでしょう」

「そ、そうですか」

「これでしばらくの間、世界も安泰《あんたい》です。あとはロイスリーネ、あなたがジークハルトとの間に子どもを——『夜の神の眷族神』を産んでくれれば万事《ばんじ》ＯＫでしょう」

「そ、そうですか……って、え？」

「こ、子ども？　『夜の神の眷族神』？　何のことだ？」

聞き捨てならない台詞《せりふ》にロイスリーネとジークハルトは眉をひそめる。そんな二人をよそに、女神ファミリアは機嫌《きげん》よく言葉を続けた。

「あなた方の間に最初に生まれる子どもは必ず双子《ふたご》で、その二人が死んだ後には『夜の神の眷族神』となる予定なのです。ここまでお膳立《ぜんだ》てをするのはとても大変でした。亜人《あじん》の始祖であるアルファを再現するためにあらゆる亜人の血をルベイラの血族に取り込ませ、眷族神を産むことができる母体《リリス》を作り出すためにローレライの血族には長い年月をかけて神々の権能を与えて『魔女《まじょ》の系譜《けいふ》』を維持してきました。双方《そうほう》の年齢《ねんれい》もほどよく合わせる必要があったので、準備に二千年かかったのですよ。本当は生まれた直後に眷族神となるようにするつもりでしたが、夜の御方《おかた》が二人の子には人間としての生を全うさせてあげてほしいと仰ったので、まずは人間として産んでもらい、死後に神格を上げて眷族神に引き上げることになりました。ですので、安心して双子を産むといいでしょう」

「…………」

「…………」

怒涛《どとう》のように一気に言われ、情報を咀嚼《そしゃく》するのにロイスリーネは苦労した。ジークハルトも同じだ。

「……なんかとんでもないことになってるねぇ」

「ジェシーちゃん、相変わらず鬼畜《きちく》だなぁ、おい」

リグイラとマイクがこそこそと話をしているのが耳に届いた。

「……ふざけるなっ」

我に返ったジークハルトが唸《うな》り声《ごえ》をあげる。

ようやく理解が及《およ》んで思考力が戻ってきたロイスリーネの渾身《こんしん》の叫《さけ》び声《ごえ》が『緑葉亭』に響き渡ったのは、そのすぐ後のことだった。

「だからっ！　事後報告はよしてって言ったでしょう——!?」


その日の夜、寝支度《ねじたく》を終えたロイスリーネが寝室《しんしつ》に入ると、そこには黒うさぎの姿しかなかった。

クッションに寝《ね》そべっている黒うさぎにロイスリーネは尋ねる。

「ひーちゃんは？」

「知らぬ。どうせその辺をうろうろしているのであろう」

突き放《つはな》すような声音に、ロイスリーネはやれやれと笑う。

「ねぇ、くろちゃんはどうしてひーちゃんに怒っているの？」

ふと気になって尋ねてみると、黒うさぎはむくりと頭を上げた。

「何かと言えば、ひーちゃんを蹴《け》ってるじゃない。でも、別に憎らしいと思っているわけではなさそうだし、怒っているというのが一番近いのかな、なんて考えているんだけど……どうかしら？」

「……そうだな。確かに怒っているな」

黒うさぎはむぅと口を引き結ぶ。

「だが仕方なかろう。あやつのせいでアベルが死んだのだから」

「え？」

思いがけない話に、ロイスリーネは目を丸くする。

「我とアベルたちが住んでいた館には、人間たちが容易に近づけないように結界が張ってあった。なのにあの運命の日、去って行ったプサイたちが各地で殺戮《さつりく》を繰り返すのを止めるためにほとんどの眷属《けんぞく》たちが出払《ではら》っていた隙《すき》をついて、我とアベルのもとへ人間たちはやってきた。あの時、いくら我が多少おかしくなっていたとしても、結界は健在だったはずだ。なのに壊《こわ》された。……そんなことができるのは神くらいなものだが、当時のファミリアたちは世界の管理権を譲《ゆず》られて間がなく、自分たちの権能を行きわたらせるのに精いっぱいでそんな余裕はなかったはずだ。だとすれば、我の結界を壊して人間を引き入れることができたのは――」

「『異端《いたん》の神』として実は世界に残っていたひーちゃんくらいなものだわね、うん」

なるほど、黒うさぎが怒るわけだ。大事なアルファ《アベル》を殺されるきっかけを作ったのだから。

「……だがな。怒りを覚えると同時になぜあやつがそんな暴挙に出たのか、我には分かる。あのまま我が眠《ねむ》らなければ確実に世界は『破滅《はめつ》』に傾いていた。さっさと亜人たちを諦めて眠りにつけという警告のつもりだったのだろう。アベルを殺す気はなかったと思うが、我は運命の分岐点《ぶんきてん》において最悪の状況を選び取ってしまい、その結果荒神《あらがみ》となって世界を祟《たた》った」

黒うさぎは目を閉じた。

「我が封《ふう》じられたのも仕方のないことだ。リリスやルベイラやローレライにつらい思いをさせてしまったが、世界にとってはあの方法が最善だった。ファミリアたちにも迷惑《めいわく》をかけて申し訳ないと思っている。……が！」

くわっと再び黒うさぎは目を見開いた。

「アベルを失った時のことを思い出すと時々無性《むしょう》に腹が立つ！　他にいくらでも方法はあったろうに、我に殺させるとは鬼畜すぎやしないか！　……だから蹴る。八つ当たりだ。

分かっている。でもそうせずにはいられないのだ」
「そ、そう……」
きっと金色の羊は黒うさぎがなぜ怒っているか分かっているのだ。だから反撃《はんげき》すること
もなく好きに蹴らせているのだろう。
「……まぁ、ひーちゃんがそれでいいなら構わないんだけどね……」
と、ひとりごちていると、黒うさぎは金色の羊への怒りを瞬時《しゅんじ》に収めてロイスリーネ
を見つめた。
「ところでロイスリーネよ。眷族神を産むと言うファミリアたちの計画をあっさり了承し
たようだが、良かったのか？　……いや、今さら嫌だと言っても、そなたたちの間に生ま
れる最初の子どもは必ず双子で、死後に眷族神に昇格《しょうかく》する運命は変えられないのだが
……」
「うーん、陛下は最後まで渋《しぶ》っていたけど、私自身は構わないかなと思っているの。聞か
された時は驚いたし、事後報告だから腹が立ったけどね」
「すまぬ。ファミリアたちがこのような計画を立てたのも我のせいだ」
「世界にとって夜の神の眷族神が必要だというのは理解しているの。私が産むことになっ
ていたのにはびっくりだけど、でもくろちゃんがちゃんとフォローしてくれるから問題な
いのでしょう？」

「そうだな……」

女神ファミリアは、ロイスリーネが眷族神の誕生と同時に命を落とす未来もあることを、彼らに伝えていない。知る必要はないと判断したのだ。だからロイスリーネは普通に子どもを産むだけだと思っている。その子がたまたま眷族神になるだけだと。

「……それでいい。起こらなかった未来を知ってもいいことはないからな」

黒うさぎはひとりごちる。小さな呟きはロイスリーネの耳に届くことはなかった。

「それにね、くろちゃん。私が眷族神を産むのは、リリスさんでもあるくろちゃんと、ルベイラとローレライを再会させてあげたかったからでもあるの。だって、生まれてくる眷族神は、あの双子の生まれ変わりなんでしょう？」

「そうだな……」

オメガの枠《わく》で創られ、けれど人間であるが故《ゆえ》に眷属《オメガ》にはなれなかったリリス。アルファであるアベルとの間に生まれた双子の子どもたちは、人間と亜人の間に生まれただけにすぎず、眷族神にはなれない。けれど、アルファとオメガの間に誕生したが故に、眷族神《アルファオメガ》になる資格だけは有していたのだ。

だから女神ファミリアは、ルベイラの血統に亜人の血を取り込ませて疑似的《ぎじてき》なアルファ《ジークハルト》を作り、一方、ローレライの血筋には神々の権能の一部を与えて神格を内包する疑似的なリリス《ロイスリーネ》を作り、二人の間の子どもとしてルベイラとローレライの双子を転生させることで眷族神を再誕させるという計画を立て、二千年かけて準備をしてきたのだ。

「生前の双子にも眷族神として生まれ変わる承諾をちゃんと取っていると女神ファミリアが言っていたから、だからいいかなと思って。よかったね、くろちゃん。また二人に会えるわよ」

にこにこ笑うロイスリーネを見て、黒うさぎは心が温かくなるのを感じた。黒うさぎは軽快な動作でクッションから降りると、自らロイスリーネの膝の上にぴょーんと飛び乗った。

「あら、くろちゃんが自分から膝の上に乗るなんて珍《めずら》しいわね」

「ありがとう、ロイスリーネ。そなたは優しい子だな。褒美《ほうび》に撫《な》でていいぞ」

「え、いいの⁉」

思いがけないご褒美に、ロイスリーネは嬉《うれ》しそうに膝の上の黒うさぎを撫で回した。

しばらくの間モフモフを堪能《たんのう》していると、ふいに黒うさぎが尋ねてくる。

「だが、本当にいいのか？　双子を産むと同時にそなたは『還元』のギフトを失うが」

「構わないわよー」

女神ファミリアからも、双子を産んだ時にロイスリーネの中の『還元』のギフトは役目を終えて消えてなくなるだろうと言われている。でもロイスリーネは構わなかった。むしろ、なくなってくれた方がありがたいとまで思っている。

「今回の騒動《そうどう》で思ったのよ。やっぱりこの力は私……ううん、人間には過ぎた力だって。制御もできない力なんて、持っていてもトラブルにしかならないものね」

「やっぱりそなたは変わっているな。普通は特別な力を得たのだから、失うのは惜《お》しいと考えるだろうに」

「そうかしら？　でも、もともとルベイラに輿入《こしい》れしてくるまで、何の力もないのが当たり前だったから。今さらって感じなのよねー」

ギフトもなく、魔法も使えない「期待外れの姫」と呼ばれていたロイスリーネにとって、力などないのが当たり前だったのだ。ギフト持ちだという自覚も薄いので、惜しいという気持ちは湧《わ》かない。

「それよりも、『還元』がなくなれば『神々の寵愛』のギフトもだんだん弱まっていくらしいから、そうしたら魔法が使えるようになるかもしれないって聞いて、そっちの方が楽しみなのよ、私は！　エマの負担を軽くできるかもしれない。……ううん、一緒にお忍《しの》びだってできるかもしれないわ！」

はしゃぐロイスリーネを黒うさぎは眩《まぶ》しそうに見上げた。

「……そんなそなただからこそ、世界を救えたのだろうな」

呟かれた声はあまりに小さくて、ロイスリーネの耳に届くことはなかった。

黒うさぎを撫で回していたロイスリーネは、ふと顔を上げて寝室の鏡に視線を向けた。

「……そういえば陛下、遅《おそ》いわね？」

その頃《ころ》、ジークハルトはうさぎに変化するのを待ちながら、王族専用の小さな中庭のベンチに座っていた。ここは先々代の国王夫妻――祖父母が気に入っていた場所で、幼い頃のジークハルトもよく通ったものだった。

――ここに来ると、おじい様とおばあ様を思い出すな。

ベンチに座った祖母と、その膝の上で丸くなっていた猫《ねこ》の祖父の面影《おもかげ》が甦《よみがえ》る。祖母が亡《な》くなった後は寂《さび》しげにベンチにたたずんでいた祖父《猫》の姿も。

と、その時、急にジークハルトの頭にずんとした重さが加わった。

「……お前か。どうしていつも頭の上に出没するんだ」

急に頭の上が重くなった原因は確かめるまでもない。ジークハルトの頭に乗ったソレは、彼のボヤキにしれっと答えた。

「僕は太陽神でもあるからね。高いところが好きなんだ。……というのは冗談《じょうだん》だけどね」

軽快な動作でジークハルトの頭の上にいた金色の羊はベンチに飛び降りる。

「何の用だ」

「単なる暇《ひま》つぶしさ。君も暇そうだったしね」

ジークハルトはギリッと歯を食いしばりつつも自分に言い聞かせた。

――落ち着け。こいつには怒った方が負けだ。

何度か深呼吸をして気持ちを落ち着かせると、ジークハルトは金色の羊を睨みつけた。

「……お前、俺のこと嫌《きら》いだろう？」

「いや、別に？　君のことを嫌っているわけじゃない。ただアベルと同じ顔なのが気に食わないだけだよ」

それを嫌っているというのではないだろうか。理不尽《りふじん》な思いを抱きつつ、ジークハルトはさらに尋ねる。

「どうしてアベルが嫌いなんだ？」

「そりゃあ、黒いのが眠りにつくのを拒否《きょひ》してこんな事態を招いた原因がアベルだからさ。アベルに会わなければ、眷属の枠を消費してまで亜人なんて作らなかっただろうし」

「それは、まぁ、そうだが」

「僕らは創造神で、世界や命を創るのが使命だ。壊しては創り、また壊す。それを何度も繰り返してきた。命を誕生させても、その生命体が成熟する前に僕らは眠りにつく。次に目覚めた時には、生命などほとんど残っていない。世界は崩壊《ほうかい》寸前で、壊すことでしか再生できない状態だ。だからただの生命体に何らかの感情を持ったりしても無意味なんだよ。

全然合理的じゃない。なのに、黒竜《こくりゅう》は人間に愛情を抱いてしまった。……バカじゃないかと思うよ。そのせいでこの世界は失敗作になりかけたし、僕は『異端の神』として残って見守るはめになった。……ほんとうに面倒《めんどう》だ。だからこんな立場に僕を立たせることになったアベルが嫌いだ。それだけだ」

「そ、そうか……」

——合理的じゃないと言いつつ、アベルに対してそれなりの感情を抱いている矛盾《むじゅん》に、この羊はいつ気づくだろうか。

ジークハルトにとって金色の羊の行動は、全然合理的じゃない。

散々引っ掻《か》き回して、挙句にジークハルトたちを窮地《きゅうち》に追いやることもしばしばだ。金色の羊がプサイを目覚めさせなければロイスリーネが命を狙《ねら》われることもなかった。今回の騒動だって、女神ファミリアからすると、きっかけを作ったのは金色の羊だったという。

——本当に何を考えているのか分からない。……けれど、不思議なことに引っ掻き回してくれたことで何となく全部が綺麗に収まったという感覚が拭《ぬぐ》えないんだよな。

今回のことだってロイスリーネのギフトが明るみに出なかったら、きっとファミリア大神殿は過ちを正すことなく、間違った方向に突き進んだままだったかもしれない。

だからもしかして、とジークハルトは思うのだ。

——こいつ、人間は好きじゃないと言いながら、合理的じゃないと口にしながら、けっこう愛情を抱いてたりしないか？　だから世界を存続させたいと願っているんじゃないのか？

もちろん、本人は絶対に認めるつもりはないだろうが。ジークハルトにはそう思えてならなかった。

金色の羊はジークハルトに胡乱《うろん》な視線を向ける。

「……その生温かい視線は何だか不愉快《ふゆかい》になるが……まぁ、いいや。暇そうだから君にだけは伝えておくよ。異端の神である僕は、世界の分岐点に目覚めるようになっている。分岐点というのは世界の命運がある地点でどういう選択《せんたく》がなされたかで枝分かれする場所のことだ。だから分岐点で世界が崩壊する道が選ばれた瞬間、僕は審判《しんぱん》を下して黄昏《たそがれ》の鐘を鳴らす——つまり世界の破滅を宣言して、竜たちを起こすわけだね」

「え、つまり、お前がここにこうしているということは……」

ジークハルトの背筋に嫌な汗《あせ》が流れる。

「そう。君たちは世界の命運を分ける、そんな分岐点にいたわけだ。もし『ファミリア大神殿』が過ちを正さずにいたら、彼らは遠くない未来、すべての神々の神殿を呑みこみ、存在すら人々の記録から消し、最終的には女神ファミリアだけを信仰させる世界を創り上げようとしただろうね。そうなった時点でアウトだ。僕は世界を破滅させていただろう」

にやりと金色の羊は歯をむき出しにして笑った。

「おめでとう。君たちは分岐点における選択肢《せんたくし》の中で最良の道を選んだ。もうファミリア大神殿が暴走する未来は起こらない。……つまり、世界は崩壊しない、そういうことだ」

「そ、そうか」

としかジークハルトは言葉が出なかった。知らぬ間に世界の存続が危うくなっていただなんて、知りたくなかったというのが本音だ。

「あ、待てよ。分岐点を過ぎたのなら、『異端の神』であるお前は眠りにつくのか？」

期待を込めて尋ねたジークハルトだったが……。

「いいや。夜の神の眷族神のことがあるしね。しばらく眠らずに様子を見ることにしたよ。そうだね、双子が亡くなって眷族神に昇格するまでかな。あはは」

「なん……だと……？」

見事期待を裏切られたジークハルトは愕然とした。これから生まれてくる子どもが亡くなる時まで、ということは……。

「まぁつまり、末永くよろしくということだよ、ジークハルト」

「……ずっといるのか、お前は」

自分が死ぬまで。死んだ後もおそらくずっと、ルベイラに居座《いすわ》り続けるのだろう。がっくりしてジークハルトはベンチの背もたれに寄りかかった。

金色の羊はジークハルトをやり込めてどうやら機嫌がよくなったらしい。ベンチから飛び降りると言った。

「そろそろあの娘《むすめ》の寝室に戻るとするか。……ああ、そうだ、ジークハルト。いいことを教えてあげよう」

「……なんだ？」

力なく聞き返すジークハルトに、金色の羊は告げる。

「君ね。待っててもうさぎに変化しないよ」

続く「ようやくうさぎ離《ばな》れできたみたいだね——」という言葉はジークハルトの耳に入らなかった。しばらく固まったままのジークハルトがのろのろと顔を上げた時には、すでに金色の羊の姿はどこにもなかった。

「……うさぎに変化しない？　ロイスリーネに何て言えばいいんだ……？」

ジークハルトは途方《とほう》に暮れたように呟くのだった。

「うさぎさん、今夜はずいぶん遅いですね」

ベッドの縁《ふち》に座り、所在なく足をプラプラさせているロイスリーネにエマが声をかける。

「そうね。仕事が立て込んでいるのかしら。大神殿から緊急連絡《きんきゅうれんらく》が入ったとか？」

「そうじゃないと思うな」

先ほど部屋に戻ってきた金色の羊が笑いを含《ふく》んだ声で言った。中庭でのやりとりをまるで知っていたかのように、黒うさぎが金色の羊を睨みつけている。それをまるっと無視して金色の羊は笑った。

「きっとどう説明しようかと頭を抱えているんだろうな。ざまぁ」

「え？　それは一体……？」

聞こうとしたロイスリーネの声が途切《とぎ》れる。秘密の通路の出入り口である鏡がキィと音を立てて開いたからだ。

「うーちゃん⁉」

振り返ったロイスリーネの目に映ったのは、何とも形容しがたい表情を浮かべているジークハルトの姿だった。

「……陛下？」

――何かしら、困惑しているような、申し訳なさそうな……。

びっくりして目を丸くすると、ジークハルトは寝室に一歩足を踏み入れたはいいが、それ以上近づくことなく立ちすくんでいる。

どうにも言いづらそうにしている様子だ。だからロイスリーネには分かってしまった。

――ああ、私、とうとうーちゃん離れができたのね。

謁見《えっけん》の間《ま》で貴族たちを前にジークハルトが「ロイスリーネがいなければ王でいる意味はない」と宣言したのを聞いた日から、ロイスリーネはうさぎ離れの準備を進めてきた。

――準備というより覚悟ね。ようやく私はうーちゃんを手放す覚悟ができたのよ。

だからだろうか。異端審問会のことなどで忙《いそが》しくて、ジークハルトは気づいていないようだったが、実は少しずつうさぎでいる時間が短くなってきていたのだ。

――ふふ。ファミリア大神殿のことが片付いたからかしら。私、とうとうーちゃん離れすることに成功したみたい。

寂しさは正直あるけれど、後悔《こうかい》はしていなかった。

ロイスリーネはにっこり笑って、いつもうさぎを迎える時のように手を広げた。

「いらっしゃい、うーちゃん。ううん、陛下」

その一言でジークハルトは、うさぎの正体をロイスリーネがとっくに知っていたことに気づいたのだろう。顔を真っ赤に染めた。

ジークハルトは片手で赤く染まった顔を覆うと、震える声で尋ねた。

「……いつから？」

「しばらく前から、ですね。でもごめんなさい。知ってしまったことを陛下に内緒《ないしょ》にするように皆に頼んでいました」

「………そ、そうか」

どうやら恥《は》ずかしさのあまり言葉もないようで、ジークハルトは顔を覆ったまま寝室に立ちつくしている。ロイスリーネが立ち上がってとことこ近づくと、ビクンとその身体が揺《ゆ》れた。

「……その、すまなかった、ロイスリーネ。……け、軽蔑《けいべつ》しただろう？」

指の隙間《すきま》からロイスリーネを窺《うかが》いながら恐る恐る聞いてくるジークハルトが妙《みょう》に可愛《かわい》くて、ロイスリーネの胸がキュンと高鳴った。

――ああ、陛下、なんて可愛いの！　人間のままでも可愛いだなんて、罪作りな人だわ！

「軽蔑？　どうしてですか？」

「……だって、ほら、君が知らないのをいいことにうさぎの姿だからって、その、胸に抱かれたり、すり寄ったりして……」

ロイスリーネはくすっと笑う。ジークハルトが何を気にしているのか分かったからだ。

「軽蔑なんてしませんよ。陛下こそ、うさぎなのをいいことに私が撫で回したり腹毛に顔を埋《うず》めて吸ったりしていたことで、軽蔑しませんでした？」

「軽蔑なんてするものか！」

覆っていた手を外してジークハルトは言った。まだ顔は赤く染まっていたが、先ほどよりは落ち着いたようだ。

「……そりゃあ、ちょっとは引いたりしたけど、ロイスリーネに撫でられるのは、その、気持ちよかったし、嬉しかったから……。は、恥ずかしさはあるけれど、軽蔑などしていない」

「だったら、私が陛下を軽蔑なんてしないことも分かりますよね？」

「そ、そうだな。君はそういう人じゃなかった」

「そもそも、陛下がなかなかうさぎの姿から解放されなかったのは私のせいですし……」

ロイスリーネは『還元』がジークハルトをうさぎの姿にとどめていたことを告白して、頭を下げた。

「だから、私のせいでもあるんです。いつまでも縛《しば》りつけてごめんなさい」

「いや、ロイスリーネのせいじゃないし、気にしていない。何より俺はうさぎの姿でもいいからロイスリーネの傍《そば》にいたかったから……。むしろ最愛のペットの座を……いや、何でもない」

余計なことを言いかけたらしく、ジークハルトは慌てて口を閉じた。そのおかげなのか、顔の赤みは少しずつ薄くなってきているようだ。

二人は寝室の真ん中でじっと見つめ合った。

余談だが、エマは空気を読みこの時点でもうすでに寝室から姿を消している。残っているのは黒うさぎと金色の羊だが、この二匹《ひき》も気づかれないように寝室から出ようとしていた。

……いや、正確に言えば、黒うさぎが金色の羊を蹴って退出を促《うなが》したのだが。

「人間の交尾《こうび》を見たって全然気にならないんだけどなぁ」

「いいから早く行け！　人間はお前と違って繊細《せんさい》なんだぞ！」

げしげしと蹴りながら、黒うさぎは言う。そんな派手なやりとりが近くで行われているにもかかわらず、ロイスリーネとジークハルトは気にも留めていない。

二人はもう互《たが》いしか見ていなかった。

「大好きです、ジーク。その、今度こそ本当の夫婦《ふうふ》になりたい、です」

はにかみながらロイスリーネが言うと、ジークハルトは手を伸《の》ばしてそっと抱きよせる。

「俺も、愛している、ロイスリーネ。もう二度と君を『お飾り』だなんて言わせない。二度と」

「……はい」

二人は身を寄せ合いながらゆっくりベッドに向かった。

こうして、ロイスリーネは「お飾り王妃」を卒業し、名実ともにルベイラの王妃になったのだった。

次の日の朝、まだ夜が明けきらない頃から、寝室の前でエマとカテリナがそわそわとした様子で待機していた。

いつもは冷静なエマも、昨夜は気が急《せ》いて眠れず、まだ暗いうちから使用人部屋を抜け出してきてしまった。誰よりも早くロイスリーネの部屋に来たつもりでいたが、すでにカテリナがいてびっくりしたものだ。

……いや、いて当然なのだろう。何しろカテリナはロイスリーネの『影』の護衛なのだから。

「ようやく陛下がヘタレを卒業してくださいました。『影』の皆も大喜びです」

大人しいカテリナも、今朝はどこか興奮した様子だ。無理もない。

「……うさぎの拘束服《こうそくふく》が無駄になってしまうのは惜しいですが、それはそれです」

うさぎの拘束服のことは詮索しない方がいいような気がして華麗《かれい》にスルーすると、いつでも寝室に入ってロイスリーネの世話ができるようにエマは色々と準備を整えた。

夜が明けて空が明るくなってくる。部屋の中にも薄暗《うすぐら》い朝の日が入り始めた頃だった、その声が寝室から響いてきたのは。

「きゃあああああ！」

「リーネ様⁉」

「侵入者《しんにゅうしゃ》⁉　それともあのヘタレが何か――」

慌てて二人は寝室の扉を開け放つ。次の瞬間、二人の目に昨夜消し忘れたランプの光に照らされた、一人と一匹《ぴき》の姿が映った。

「うーちゃん、会いたかったわぁ！」

「キュー！（なぜだ‼）」

うさぎの姿になったジークハルトに頬《ほお》ずりしているロイスリーネを見て二人は「えーっ」という気分になる。

どうやら先ほどの悲鳴はロイスリーネが「うーちゃん」との一晩ぶりの再会に感極《かんきわ》まって上げた歓声だったらしい。

「リーネ様、これは一体……」

「朝起きたら陛下がうーちゃんになっていたの！　ああ、やっぱりこのモフモフ、素敵《すてき》すぎる！」

「……リーネ様……」

ジークハルトがうさぎの姿に逆戻《ぎゃくもど》りをしてしまったのは、どう考えてもロイスリーネの仕業である。

「うさぎ離れしたんじゃなかったんですか？」

呆《あき》れながら尋ねるエマに、ロイスリーネはうさぎの額にチュッチュとキスをしながら満面の笑みを浮かべて答えた。

「いえね。双子を産んだら『還元』のギフトは消えると言っていたから、それまでの間だけならうーちゃんを堪能しても構わないかなぁと、昨夜《ゆうべ》ちょっと思っちゃったのよね。そうしたら朝起きたらうーちゃんがいて。……うふふ、陛下、不満そうな顔も可愛いです」

うさぎは恨めしそうにロイスリーネを見ている。ジークハルトにしてみたらせっかく何の憂《うれ》いもなく夫婦生活を営めるようになったはずなのに、と恨みがましくもなるだろう。

「陛下。これも夫婦の愛情表現というやつです」

「キュー……」

いつもと変わらない光景に、エマは呆れたようなため息をついた。が、すぐに「ロイスリーネが幸せそうだからいいか」と思い直す。

「あとでまた伺《うかが》いますね」

生温かい視線を主《あるじ》夫婦に向けながら、エマとカテリナは寝室を出て行った。

「うさぎの拘束服、やっぱり必要かもしれませんね」

「……そうですね」

相槌《あいづち》を打ちながら、けれどエマの口元はほんのり弧《こ》を描く。

エマは実のところ、一足先に大人の階段を上り始めた主に少しだけ寂しさを覚えていたのだ。けれど、やはりロイスリーネは変わらない。

大好きで大事なエマの主だ。

「さて、新しい一日が始まりますね」

朝の陽《ひ》ざしが差し込む窓に向かって、エマは明るく呟くのだった。

＝エピローグ＝　お飾り王妃はお飾りを返上し、母になる

ルベイラ王妃《おうひ》ロイスリーネは数ヶ月前に子どもを産んだ。

男女の双子《ふたご》の誕生に、ルベイラの国中がお祭《まつ》り騒《さわ》ぎになった。今はだいぶ落ち着いたが、王宮での熱狂《ねっきょう》はまだ続いている。主にロイスリーネの部屋で。

「はぁぁ、るーちゃん可愛《かわい》い！　真っ白な毛が最高ね！」

右手に乗せた小さな小さな白毛に緑色の瞳《ひとみ》の目をした子うさぎの鼻に、ロイスリーネはキスをする。

「ぷぅぷぅ」

キスされた白うさぎは嬉《うれ》しそうにロイスリーネの手を舐《な》めはじめた。

「……ぷぅ」

不満そうな声が左手から聞こえてきた。

「あらら。ごめんね。もちろん、ろーちゃんの黒毛も素敵《すてき》よ！」

ロイスリーネは左手に乗せている黒毛に青灰色《せいかいしょく》の目をした小さなうさぎの鼻にもキス

をした。黒の子うさぎはロイスリーネの指にスリスリと顔を擦《こす》りつけた。

「はぁ、我が子たちが可愛くて目が離《はな》せないわぁ」

「……ロイスリーネ、二人を独《ひと》り占《じ》めしないでくれ」

頭上から声がかかる。ソファに座っていたロイスリーネは、微笑《ほほえ》みながら見上げた。そこにいるのはもちろん、夫であるジークハルトだ。

「ぷぅ！　ぷぅ！」

父親の声と姿に気づいた子うさぎたちが、小さな前足を一生懸命《いっしょうけんめい》上に伸《の》ばす。ジークハルトは相好を崩《くず》しながらロイスリーネの手から子うさぎたちを掬《すく》い上《あ》げた。

「元気だったか、二人とも」

ペロペロと舐められたり、ふんふんと匂《にお》いを嗅《か》がれてもジークハルトはまったく気にせず、頰《ほお》ずりをすると二匹《ひき》をロイスリーネの膝《ひざ》の上に戻《もど》した。

ジークハルトとロイスリーネの間に生まれた子どもは予想通り双子だった。そしてうさぎだった。……いや、違《ちが》う、人間なのだが、うさぎにもなれた。ただし、夜限定だったジークハルトとは違い、双子は昼間でも不意にうさぎに変化してしまうことがあるため、人前ではまったく気が抜《ぬ》けない状態だった。

「まさか、うさぎの姿まで継承《けいしょう》されるとはなぁ」

もうすっかり呪《のろ》いから解放された気でいたジークハルトがぼやく。

「あら、いいじゃないですか。私は大歓迎《だいかんげい》です。うーちゃんが戻ってきたみたい」

ロイスリーネが子どもを産んだ日から、ジークハルトはうさぎにならなくなった。『還《かん》元《げん》』のギフトがロイスリーネの中から消えたからだ。

モフモフを失って寂《さび》しく思っていたロイスリーネは、子どもたちがうさぎに変化すると知ってもちろん歓喜《かんき》した。

——手のひらに乗った子うさぎたちの可愛いこと！　もう食べたいちゃいたいくらいよ！

子どもの名前は悩《なや》んだ挙句、「ルティリス」と「ローレン」と名付けた。本当は「ルベイラ」「ローレライ」にしようかと思ったのだが、さすがに国名をつけるわけにはいかないからだ。

——お披露目《ひろめ》の時にいきなりうさぎになったらどうしようかしら。……まぁ、その時はその時ね。

毎日忙《いそが》しいけれど、ロイスリーネは充実《じゅうじつ》した日々を過ごしている。

「ジーク。ジョセフ教皇からの連絡《れんらく》は何だったのですか？」

隣《となり》に腰《こし》を下ろしたジークハルトにロイスリーネは尋《たず》ねた。

ジョセフ神殿長《しんでんちょう》とロレインが異端審問会《いたんしんもんかい》にかけられたあの日から、一年半が経《た》っていた。その間にファミリア神殿は大きく変化している。

まず、ロイスリーネのギフトのことは誤りだったと正式に謝罪した後、前教皇は責任を取って退位することになった。代わりに教皇の座についたのはジョセフ神殿長だ。

ジョセフ神殿長……いや、ジョセフ教皇は精力的に神殿の改革を進めているようだ。今もまだ混乱は続いているが、きっと彼ならば改革をやり遂《と》げるだろう。

「『大地の女神《めがみ》ガイア』を祀《まつ》る神殿の復興が決まったそうだ。今はまだ信者もほとんどいない状況《じょうきょう》だが、そのうちガイア神の信仰《しんこう》を引《ひ》き継《つ》ぐ者たちも出てくるだろう」

「そうですか。よかったです」

ジョセフ教皇はファミリア神殿および大神殿《だいしんでん》の改革の他に、他の神殿の協力を得て『大地の女神ガイア』神殿の復興も進めている。『太陽の女神ファミリア』への信仰が戻っても、ガイア神が忘れられたままでは何の意味もないからだ。

ちなみにカーナディー卿《きょう》とメルディアンテは、過去に犯《おか》した数々の犯罪行為《こうい》が発覚し、今度こそ捕縛《ほばく》されて今は牢屋《ろうや》暮らしだ。二度と表舞台《おもてぶたい》には出てこられないだろうという話だった。

ロイスリーネは向かいのソファでのんびりくつろいでいる金色の羊に目を向けた。彼は相変わらず気ままに過ごしている。

黒うさぎの姿は今はない。ロイスリーネが無事に出産するためには同化する必要があるということで、臨月の時にロイスリーネの中に入って以来、見ていない。

『人間の身で神を産むためには、どうしても五つの竜たちの権能が必要だ。眷族神たちが二千年にわたって君の血族に権能を分け与えてきたおかげで、君の身体の中には僕を含めた四体の竜の権能が宿っている。でも、それだけでは足りないんだ。黒竜の権能が宿っていないからね。夜の神の眷族神を産みだすのだから、黒竜の権能は必須。でも君にあるのは「還元」のみ。だから唯一欠けていた夜の神の権能を補うためには、黒竜の化身である黒うさぎが君の中に直接入って同化するしかないんだよね。大丈夫。双子が生まれたらそのうち君の中から戻ってくるよ』

そう金色の羊は言っていたが、未《いま》だに黒うさぎはロイスリーネの中にいるようだ。

眷族神云々《けんぞくしんうんぬん》はともかく、双子の出産はロイスリーネの身体《からだ》に大きな負担をかけたらしい。念には念をと黒うさぎはロイスリーネの中に留《とど》まり続け、健康を維持《いじ》し続けてくれているようだ。

――ありがとう、くろちゃん。でもね、そろそろくろちゃんにも会いたいわ。子どもたちにも会わせてあげたい。黒うさぎは子うさぎたちのもう一人の母親なのだから。

――それと、もう一つ希望があるのよね。

ロイスリーネは膝の上の子うさぎたちを撫《な》でながら、ジークハルトを見た。

「ねぇ、陛下。そろそろ産後の休みを返上したいのだけど、ダメかしら？」

お腹《なか》が大きくなって以来、ロイスリーネは『緑葉亭《りょくようてい》』の仕事を中断している。辞《や》めたわけではない。産休と育休を取っているだけだ。

――『影《かげ》』の皆《みんな》には王宮でも会えるけど、やっぱり私はあそこで給仕係《ウェイトレス》として働きたいのよね。

「……まだ早いんじゃないか？　子どもたちのこともあるし」

「子どもたちは皆が面倒《めんどう》見てくれるでしょ。エマも乳母《うば》として傍《そば》にいてくれるし、何も問題ないわ」

侍女《じじょ》のエマだが、驚《おどろ》くことにエイベルに絆《ほだ》されて一年前に彼と結婚《けっこん》している。一体エイベルがどういう手を使ったのかは不明だ。エマは決して教えてくれないので、未だに謎のままである。もっとも、以前エマが「契約結婚だったはずなのに、なぜこんなことに……」と呟いていたので察するものがあるのだが。

そのエマもロイスリーネと同じ頃《ころ》に妊娠《にんしん》し、男の子を産んでいた。そのため、今では侍女としてではなく乳母としてロイスリーネの傍で子どもたちの面倒を見てもらっている。

「絶対に無茶はしないわ。リグイラさんにお願いして、初めは日数も時間も制限するし」

はぁ、とジークハルトは大きくため息をついた。

「……分かった。どうせ止めても無駄《むだ》だろう。だけど、黒うさぎがロイスリーネの中から出てからだ。それまでは療養《りょうよう》に努めること」

「ありがとう、ジーク！」

ロイスリーネはジークハルトの肩《かた》にこつんと頭を預けた。

脳裏《のうり》に浮《う》かぶのは、もう少し大きくなった子どもたちがエプロンをつけて、『緑葉亭』の中を歩き回っている姿だった。

幼い頃、母親に連れられて訪《おとず》れた食堂で、ウェイトレスの真似事《まねごと》をさせてもらった時のように、ロイスリーネも二人に色々と教えてあげる予定だ。

――だって、何の経験が生きるかわからないものね。

「……私、幸せよ、ジーク。こうしてあなたの隣にいられて」

隣には愛する旦那《だんな》様。膝の上には愛《いと》しい子どもたち。

大切なものはこうしてロイスリーネの傍にある。

「俺もだ。ロイスリーネ。愛している。これからもずっと一緒《いっしょ》だ」

肩を抱《だ》き寄せられ、笑《え》みを浮かべたジークハルトの顔が近づいてくる。ロイスリーネはそっと目を閉じて夫の唇《くちびる》を受け止めた。

黒うさぎはロイスリーネの中で傷ついた身体を癒しながらまどろんでいた。

閉じた瞼《まぶた》に浮かぶのは、いつか視《み》た、ほんの先の未来の光景。

小さな白うさぎと黒うさぎを膝に乗せて撫でながら、満面の笑みを浮かべているロイスリーネ。それを微笑んで見守るジークハルトの目は愛しげに妻子に向けられている。離れたところでその光景をやれやれと言いたげに見ているのは金色の羊だ。

同じように親子の姿を見守っている黒うさぎに金色の羊がふと思いついたかのように尋ねてくる。

『満足かい？　黒竜』

もちろん黒うさぎの答えは決まっている。

『ああ、満足だとも――』

これこそが望んだ光景。かつて黒い竜が夢見ていた希望《ひかり》。

ほんの少し前まではまだ確定していなかった未来に過ぎなかったが、今の黒うさぎは必ず起こることを確信している。

それはおそらくきっともうすぐやってくる。

まどろみの中、黒うさぎは微笑んでいた。

ルベイラ国王レイフォールドの末娘、ローズ王女は長い廊下に飾られた歴代国王とその王妃の肖像画の前で家庭教師の話を聞いていた。

「このお方がジークハルト王とロイスリーネ王妃です。今から百年ほど前にルベイラを治めていた国王夫妻ですね」

「私、知ってる！　高祖父と高祖母に当たられるのよね！」

十一歳になったばかりのローズ王女は自分の黒髪をひと房つかんだ。

「私の黒髪はロイスリーネ王妃ゆずりなんだっておばあ様が言ってらしたわ！」

「そうです。ローズ殿下《でんか》の黒髪はロイスリーネ王妃の遺伝《いでん》です。ロイスリーネ王妃と同じ黒髪を持っていたのはジークハルト王との間に生まれた第一王女だったローレン様以来だそうですよ。さて、そのジークハルト王ですが、彼はファミリア大神殿の改革や大地の女神ガイア神殿の復興に尽力された王として知られております」

家庭教師はジークハルト王の功績を次々と挙げているが、ローズ王女の興味は自分と同じ黒髪のロイスリーネ王妃の方に向いていた。

「ねぇ、肖像画のロイスリーネ王妃の腕に抱かれているうさぎは何かしら？」

家庭教師の講義は続いていたが、ローズ王女はロイスリーネ王妃が抱えている青灰色《せいかいしょく》のうさぎが気になって仕方なかった。それだけではなく……。

「ロイスリーネ王妃の足元に描かれている二匹の動物は一体何かしら？」

若い頃の姿を写したと思われる肖像画の中のジークハルト王とロイスリーネ王妃は微笑みながら並んで立っている。けれど王妃の腕には青灰色のうさぎが抱かれており、足元には黒い毛のうさぎと小さな金色の羊がいた。

家庭教師はそれを見て訳知り顔で答えた。

「それはおそらくロイスリーネ王妃が飼っていたペットでしょう。ロイスリーネ王妃は大の動物好きで知られ、部屋でうさぎや羊を飼っていたそうですから」

「へぇ、部屋で何匹も飼っていたのね！」

「はい。ロイスリーネ王妃が可愛がっていた動物は、王妃亡き後は第一王女のローレン殿下に引き取られたそうです。不思議なことに、ローレン王女が亡くなられたと同時に動物たちは忽然《こつぜん》と姿を消したのだとか。そうそう、一部ではロイスリーネ王妃の可愛がっていた動物は、神々の化身だったとも言われていたそうですよ」

「神様の化身！　そんな動物を飼っていたなんてすごいわ！」

ローズ王女の反応に気をよくした家庭教師は、ロイスリーネ王妃のとっておきの情報を伝えることにした。

「実はロイスリーネ王妃は若い頃、『お飾り王妃』と呼ばれていたという文献が多く残っているのです。当時の貴族の日記に面白おかしく書かれていたそうですが、今では真偽《しんぎ》が疑われています。当然ですよね。お二人は二男二女に恵まれたわけですし、それに王家には……」

「王家にはジークハルト王のロイスリーネ王妃に対する溺愛《できあい》ぶりが伝説のように今でも語り継がれているんですものね！」

笑いながらローズ王女は答えると、うっとりと二人の肖像画を見上げた。

「ローズもジークハルト王のように大切にしてくれる素敵な王子様と出会いたいわ」

「出会えますとも。そのためにはお勉強も頑張《がんば》らなくてはですね。ローズ殿下」

「はーい！　わかっていますって」

ローズ王女と家庭教師の朗《ほが》らかな声が廊下に響き渡る。

肖像画の中のジークハルト王とロイスリーネ王妃は、微笑みを浮かべてそんな二人を見つめていた。

END

あとがき

拙作《せっさく》を手にとっていただいてありがとうございます。

お飾《かざ》り王妃《おうひ》の7巻です。とうとう最終巻となりました！　こうして最後まで出せたのも、手に取っていただいた皆様《みなさま》のおかげです。ありがとうございました。

今回はロイスリーネのギフトのうち『神々の寵愛《ちょうあい》』について明らかになる巻となっております。一巻目にジークハルトとカーティスが気にしていたのは『神々の寵愛』の方で、明らかになったらまずい、守らなければと思っていたわけです。クロイツ派の狙《ねら》いが『還《かん》元《げん》』の方だったためについ影《かげ》が薄《うす》くなっていた『神々の寵愛』のギフトですが、今回はこれが原因でかねてからジークハルトたちが懸《け》念《ねん》していた通り、大きな問題となってしまいます。いわば最初に立ち返ったということですね。

最後の敵（？）も明らかになり、ロイスリーネたちは一丸となってこれに対抗《たいこう》していくことになります。結末は本編を読んでいただくとして、最初に立ち返ったことでジークハルトのロイスリーネに対する並々ならぬ想《おも》いが明らかにできたのではないかと思います。

ロイスリーネを守るためにいろいろと準備していたわけですね、彼は。それが活《い》かされていくことになります。

今作もそうですが、シリーズ全巻通してのMVPは間違《まちが》いなくジークハルトだと思います。一人三役までこなしつつこのポテンシャル。ヒーローにふさわしかったのではないでしょうか。

一方、ヒロインのロイスリーネはコンプレックス持ちではあるものの、そのコンプレックスのおかげでメンタル強い子に育っています。その強さにジークハルトも惹《ひ》かれた感じでしょうね。じっと座って守られている子ではなく、「一緒《いっしょ》に立ち向かって行こう！」と言うタイプ。ともすれば過保護&一人で全部背負いかねないジークハルトにとっては、最善の相手だと言えます。

ちなみにロイスリーネですが、当初はこれほどモフモフ愛にあふれたキャラにする予定ではなかったんですよね。普通《ふつう》に動物好きの範囲《はんい》に収めるはずだったのですが、巻が進むごとにモフ愛すぎるキャラになってしまいました。特にうさぎを吸うようになってから加速したような気が……。溺愛《できあい》するうさぎが夫だと知った時、ロイスリーネがどういう反応を示すのか色々考えてみたのですが「夫だったら遠慮《えんりょ》しないでモフれるわよね。だって夫《ふう》婦《ふ》だもの！」になる以外の選択肢《せんたくし》はありませんでした（笑）。

モフ愛すぎるヒロインですが、そのモフ愛でなんとなく世界が救われる方向に動いていくのもロイスリーネならではだと思います。

実は……作中で一番成長した（変化した）のは主人公のロイスリーネではなく、ジークハルトでした。最初はロイスリーネを守ろうとするあまり何も知らせずに軟禁《なんきん》するというやや独善的な部分もあったジークハルトですが、最終巻では「一緒に立ち向かおう」というロイスリーネの言葉を嬉《うれ》しく感じたり、同行を許したりもしています。いい意味で肩《かた》の力を抜《ぬ》くことを覚えたのかもしれません。作中でのジークハルトは無表情がデフォルトでしたが、徐々《じょじょ》に表情を表に出せるようになりました。もしかしたらこの作品の真の主人公はジークハルトだったのかもしれません。

次にロイスリーネたちの頼《たよ》れる味方であるカーティスとエイベル。二人はとても動かしやすいキャラでした。カーティスは主に説明役として重宝しました。状況《じょうきょう》を整理したり説明してくれる役ですね。エイベルはシリアスになりかねないジークハルトとカーティスの場面に明るい雰囲気《ふんいき》をもたらしてくれる役および本質を突《つ》くような立ち位置で重宝しました。茶化しながらもジークハルトの背中を押すという重要な役どころでもあります。

ロイスリーネの侍女《じじょ》にしてよき相談相手でもあるエマ。ロイスリーネの奇行《きこう》にも動じることない冷静な彼女の役どころはロイスリーネの身代わり＆精神的支えでした。特に最初のころはエマがいなければさすがのロイスリーネも参ってしまっていたでしょう。普段《ふだん》は留守番役なので、王宮の中だけしか出番がなかったのが少し残念です。今後はロイスリーネと一緒に街を散策する姿が見受けられるようになるかもしれませんね。ところで最後作中でサラッと出てきましたが、何がどうなってエイベルに絆《ほだ》されて結婚《けっこん》することになるのでしょうね。なし崩《くず》し的にそうなった感じを匂《にお》わせておきましたが、真相は果たして……。

リグイラとキーツをはじめとした『影』の皆《みな》さん。『影』だけど、何気に最初から最後まで活躍《かつやく》した彼ら。作者のお気に入りはマイクとゲールです。二人が出てくる場面は特に楽しんで書かせてもらいました。え？　どっちがマイクでゲールかセリフでは分かりづらい？　大丈夫《だいじょうぶ》です。作者の私も区別がつきません（オイ）。なのでどっちに何をしゃべらせても大丈夫だったというのは最終巻だからこそ明かせる内情ですね。

イラストのまち先生。可愛《かわい》いロイスリーネと格好いいジークハルト（カイン）、それに愛らしい動物たちをありがとうございました！　うーちゃんの出番が当初の予定より増えたのはまち先生の可愛いイラストのおかげです。本当にありがとうございました！

最後に担当様。いつもありがとうございます。本当に今回も方々に迷惑《めいわく》をおかけしまして……。何とか最終巻まで書き上げることができたのもお力添《ちからぞ》えのおかげです。

それではいつかまたお目にかかれることを願って。

富樫聖夜《とがしせいや》

■ご意見、ご感想をお寄せください。
《ファンレターの宛先》
〒102-8177 東京都千代田区富士見2-13-3
株式会社KADOKAWA ビーズログ文庫編集部
富樫聖夜 先生・まち 先生

●お問い合わせ
https://www.kadokawa.co.jp/ (「お問い合わせ」へお進みください)
※内容によっては、お答えできない場合があります。
※サポートは日本国内のみとさせていただきます。
※Japanese text only

B's-LOG BUNKO
ビーズログ文庫

お飾《かざ》り王妃《おうひ》になったので、こっそり働《はたら》きに出《で》ることにしました

~愛《あい》する旦那《だんな》と大団円《だいだんえん》を目指《めざ》します!~

富樫聖夜《とがしせいや》

2023年7月15日 初版発行

発行者 山下直久
発行 株式会社 KADOKAWA
〒102-8177 東京都千代田区富士見 2-13-3
(ナビダイヤル) 0570-002-301
デザイン Catany design
印刷所 凸版印刷株式会社
製本所 凸版印刷株式会社

ISBN978-4-04-737516-1 C0193

定価はカバーに表示してあります。
◇◇◇